Oliver Tonio Stoll

DAS GEHEIMNIS ULTRA

Das Versagen von ENIGMA

Die Geschichte der mechanischen Funkentschlüsselung im 2. Weltkrieg.

Vorgeschichte, Technik und ihre Entschlüsselung führten zur Niederlage des deutschen Reiches unter Hitler.

ISBN: 978-3-87249-382-8

Artikelnummer: 1097

Carl Gerber Verlag GmbH   Lilienthalstraße 19   85296 Rohrbach

Haftungsausschluss:

Der Autor und die Carl Gerber Verlag GmbH haben alle Informationen und Bestandteile dieses Werkes nach bestem Wissen zusammengestellt. Dennoch haften sie nicht für die Vollständigkeit, Richtigkeit, Aktualität und technische Exaktheit der in diesem Werk bereitgestellten Informationen.

1. Auflage 2020

INHALTSVERZEICHNIS

DER AUTOR

Óliver Tonio Stoll

Liebe Leserin, lieber Leser,

Mein Spezialgebiet ist die Marinerüstung 1860 bis 1945. Dazu Geheimdiensttätigkeit im Allgemeinen, speziell die Kryptographie. Ich beschäftige mich mit seit 35 Jahren mit dieser Thematik Militärgeschichte.

Das hat mich bewegt die aufgeführten Ereignisse in diesem Büchlein „DAS GEHEIMNIS ULTRA – ENIGMA – Die Geschichte der mechanischen Funkentschlüsselung im 2. Weltkrieg zu hinterfragen und daraus einige logische Schlußfolgerungen zu treffen!

Kein Krieg in der Geschichte der Menschheit gab und gibt uns noch so viele Rätsel auf wie der 2. Weltkrieg.

In meinem Buche „**Das geheime deutsche Erbe**" habe ich einige Geheimnisse aufdecken können. Seit den Achtzigern ist bekannt wie umfangreich die englische Funkentschlüsselung gearbeitet hat. Die Beteiligten sind nunmehr alle tot. Das Entschlüsselungszentrum in Bletchley Park ist jetzt ein Museum mit allerhand Ausstellungsstücken und Führungen.

Was mich zu diesem Buch bewegt ist die Tatsache, dass die Geschichte zwar bekannt aber in seiner Gesamtheit noch nicht beschrieben wurde. Und zwar so beschrieben, dass es allgemein verständlich, informativ und doch für jedermann spannend zu lesen ist. Auch wenn der Leser keinen Lehrgang in Kryptografie belegt hat, so ist dessen Geschichte und Technik doch ein spannendes Thema.

im Januar 2020 Oliver Tonio Stoll

PROLOG

Die Geschichtsfreaks so wie ich, hatten so viele Fragen, damals .... woher wussten die Russen um welche Uhrzeit die Deutschen bei Kursk angreifen.... woher wusste der Kreuzer HMS Devonshire, dass der gut getarnte niederländische Frachter der Deutsche Hilfskreuzer Atlantis ist.... die Versorgungs-U-Boote, die alle kurz hintereinander versenkt wurden.... der schwarze März 1943 mit über 40 versenkten U-Booten.... dass „Rätsel" Rudolf Roessler...ja, bis ein Buch erschien „Aktion ULTRA". Der Autor Frederick William Wintherbotham. Da hatten wir`s. Er nannte es „die bronzene Göttin" von Bletchley Park. Und nacheinander packte einer der vielen Beteiligten nach dem anderen aus, über damals, im Entschlüsselungszentrum von Bletchley Park.

Sie, den geneigten Leser, möchte ich an der Hand nehmen und mit Ihnen diese versteckte Vergangenheit erkunden. Im Übrigen sind einige der Herren ganz nah bei uns. Zum Beispiel M, oder Q. Ja, das sind historische Personen. Die hat uns ein Herr Ian Fleming hinterlassen, damals stellvertretender Leiter des Marinegeheimdienstes. Nur das Vorbild für seinen Protagonisten, den hat er sich aus dem russisch-japanischen Krieg entliehen. Warum er ihn ausgerechnet nach einem berühmten britischen Ornithologen benannt hat vermag ich nicht zu sagen. Vielleicht weil der sich so gut mit Vögeln ausgekannt hat. Auch dem Vorbild für George Smiley werden wir begegnen.

In diesem Sinne versuche ich dieses trockene mathematische Thema nebst Technik so unterhaltsam wie möglich zu gestalten und so informativ wie möglich herüberbringen.

Keinesfalls sollten wir die Opfer vergessen, die dieses Geheimnis ULTRA gefordert hat. Dessen Existenz war das größte aller britischen Geheimnisse im 2. Weltkrieg und kriegsentscheidend.

Rohrbach, im Januar 2020

Oliver Tonio Stoll

KAPITEL 1

EIN BLICK IN DIE MOTTENKISTE.

In Verschlüsselter Keilschrift zu Ton gebracht.

Wenn ich gelegentlich mal zu einem militärhistorischen Vortrag eingeladen war, bei einer Reservistenkameradschaft oder einer anderen historisch interessierten Gruppe und das Thema war die bewusste Funkentschlüsselung, so begann ich stets mit der Frage, wie alt ist überhaupt die Verschlüsselung. Wann war die Geburt der Geheimschrift? Den fragenden Gesichtern zeigte ich stets das Foto des „Ramose-Relief´s". Tausende von Jahren alt aus Mesopotamien. Ein Töpfer hat seine Rezepte in verschlüsselter Keilschrift nicht zu Papier, sondern zu Ton gebracht.

Cäsar-Code.

Ein paar tausend Jahre später wurde eine andere, schon etwas fortschrittlichere Methode der Verschlüsselung Julius Cäsar zugeschrieben. Eine Scheibe, doppelt, wo die Buchstaben zueinander verschoben werden können, siehe Bild.

Bekannt als Cäsar-Code. Eine einfache Verschlüsselung. Nach dem Untergang des römischen Imperiums begann eine dunkle, kulturlose Zeit. Kein Platz für kluge Köpfe und sinnreiche Verschlüsselungen. Dies sollte sich erst im Mittelalter ändern. Geniale Mathematiker wie Leonardo Fibonacci oder Roger Bacon schufen die ersten wirklichen Verschlüsselungen. Erstmals in die Weltgeschichte griff jedoch in der Elisabethanischen Ära in England eine entschlüsselte Depesche aus Papier ein.

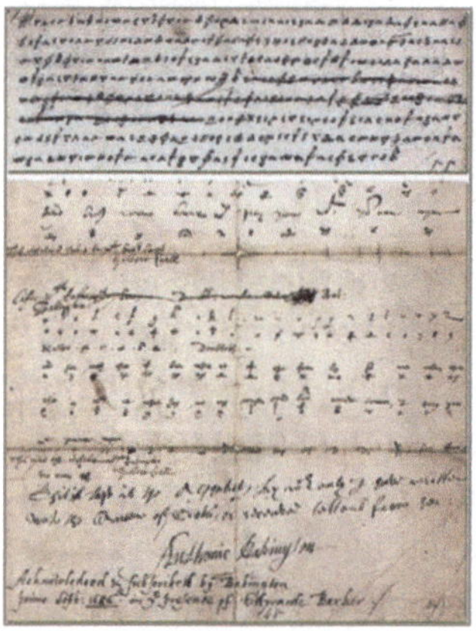

Babington-Manuskript.

Maria Stuart, katholische Königin von Schottland bat den katholischen König Philipp von Spanien um Hilfe gegen die protestantische Elisabeth. Das war natürlich Hochverrat! Das entschlüsselte sogenannte „Babington-Manuskript" wurde Königin Elisabeth der Ersten vorgelegt und Maria Stuart geköpft.

Blaise de Vigenere.

Die Renaissance brachte der Weltgeschichte mit Blaise de Vigenere den ersten Spezialisten für Verschlüsselungen. Bis vor dem ersten Weltkrieg galt der Vigenere-Code als nicht zu entschlüsseln. Bei all den bis hier beschriebene Verschlüsselungen handelt es sich um sogenannte Handschlüssel. Also Verschlüsselungen mit Stift und Papier mit einem Hilfsmittel. Zur Mitte des 19. Jahrhunderts kamen sogenannte Playfair-Verschlüsselungen in Mode bei den Militärs. Auch das waren ebenso wie alles bisher bekannte nur Handschlüssel. Im 1. Weltkrieg konnten alle diese Verschlüsselungen dechiffriert werden. Im nächsten Kapitel werde ich darauf zu sprechen kommen.

Urahn aller Walzenmaschinen.

Unser Thema ist ja eigentlich die mechanische Verschlüsselung. Den ersten Ansatz dazu liefert uns ausgerechnet ein ehemaliger US-Präsident. Thomas Jefferson, verewigt in Mount Rushmore, er konstruierte eine kleine Walzenschlüsselmaschine.

Wir aber taumeln jetzt mit der Weltgeschichte in die Urkatastrophe des 20. Jahrhunderts. Wir benutzen immer noch Handschlüssel für unsere geheimen

Alastair Denniston.

Nachrichten, jedoch steht uns eine neue Technik zum versenden zur Verfügung. Die Funkentelegrafie. Eine rasante Entwicklung nehmend wurde die neue Technik schnell in das Militärwesen integriert.

Das war jedoch mit einem entscheidenden Nachteil verbunden. War es bei Maria Stuart noch eine abgefangene Depesche die entschlüsselt worden ist, so kann jetzt die Funkwellen jeder abhören. Immer noch sind es die sogenannten Handschlüssel die verwendet werden. Doch nun kommt ein neues, monotones „pieeppipipieep" durch den Äther. Dieses vollkommen neue Medium erforderte ein ebenso vollkommenes Umdenken bei den Geheimdiensten. England und Austro-Ungarn waren die Protagonisten einer neuen Zeit.

Weiter in der Untersuchung unserer Mottenkiste der Kryptologie. Nicht alle der Handschlüsselverfahren waren anfällig oder leicht zu entschlüsseln. Wenn ein Handschlüssel oder eine Verschlüsselung nur einmal verwendet wird so ist dieser nicht oder nur sehr schwer beizukommen. Denn der Kryptologe kann in der Abfolge der Funksprüche kein Muster erkennen. Ein Schlüssel, den nur der Chiffreur und der Dechiffreur kennen, und nur einmal verwendet wird ist sicher. Dies gilt auch wenn zur Verschlüsselung von Funksprüchen ein bestimmter Buchtext als Schlüsselvorlage verwendet wird und dieser Buchtext nur Chiffreur und Dechiffreur bekannt ist.

In diesen Zusammenhang erinnere ich an einen Fall aus dem 2. Weltkrieg. Die sogenannte „Rote Kapelle“. Einen sowjetischen Spionagering, Stalins Auge und Ohren im Mitteleuropa des 2. Weltkrieges.

Noch viele Jahre später wird diskutiert ob das Widerstandskämpfer gegen das NS-Regime waren, deutsche Betonkommunisten oder Stalin`s Spione. Sei es drum, egal. Ich würde sagen, von allem etwas. Unter der Leitung der Spionagelegende Leopold Trepper entstanden Gruppen in Belgien, Berlin, der Schweiz und Paris. Wir erinnern uns vielleicht an den Fernsehfilm „Die Rote Kapelle“ mit Werner Kreindl als „Grand Chef“ Leopold Trepper und Mathieu Carriere als „Petit Chef“.

Die Pariser Gruppe war möglicherweise ein Nachfolger der „Interallie“, einem Spionagering, der von Polen gegründet wurde und in sehr professioneller Art Aufklärung in Frankreich 1940/41 betrieb. Nicht zu vergessen: Die allgegenwärtige Resistance. Nun, wie dem auch sei, die vielen Funksprüche die von Paris aus regelmäßig zum „Direktor“ nach Moskau gingen waren der Gestapo ein stetiger Dorn im Auge. Vor allem konnten sie nicht entschlüsselt werden. Der Funker der Gruppe, ein deutscher Kommunist mit Namen Johann Wenzel, war ein nervenstarker Mann. Wenn die Gestapo schon die Treppen stürmte, packte er sein Funkgerät in aller Ruhe ein und verschwand über die legendären Dächer von Paris. Bis der Gestapo einmal in der Rue des Atrebates in Paris ein Zugriff gelang und eine Gruppe ausgehoben wurde.

Vermutlich wurde da das Buch gefunden, das zur Verschlüsselung der Nachrichten nach Moskau diente. Titel „Le miracle du Professor Froelich“. Kennen sie nicht? Wundert mich auch nicht. War ein Geschenk eines kleinen Verlages in den Dreißigern an seine Kunden. Auflage 50 Stück. Mit diesem Fund konnten nun die Funksprüche entschlüsselt werden. Folge, alle Gruppen der „Roten Kapelle“ wurden ausgehoben, verhaftet und die meisten Leute hingerichtet. Nun soweit gut. „Grand Chef“ und „Petit Chef“ bekamen zum Dank nach dem Krieg Urlaub im Gulag. Drehen wir die Zeit wieder zurück.

Wir blicken nach Sarajevo wo soeben der Thronfolger Franz-Ferdinand der Donaumonarchie unter den Kugeln des Gavrilo Princip sein Leben verlor nebst seiner Gattin. Die Unnachgiebigkeit Cisleithaniens, dass wir heute als Österreich kennen, gegenüber Serbien. Die Ultimaten und schließlich für das deutsche Reich der Bündnisfall. England kam es gelegen, war doch das aufstrebende deutsche Reich ein Dorn im Auge Britanniens, vor allem die wachsende Seemacht. Nicht zu vergessen die eklatante Schwäche der englischen „Grand Fleet“. Nur auf die blanke zahlenmäßige Überlegenheit bauend. Jetzt oder nie! Dann sprachen die Waffen.

Während auf den Schlachtfeldern an den Fronten im Osten und Westen die ersten Soldaten den sogenannten Heldentod starben, spielt sich unser „Geschäft“ im Stillen ab. Es ist das “Geschäft“ der geheimen Dienste. Wir sind zu Gast in Room 40 bei der britischen Admiralität.

Unter der Leitung von Alastair Denniston traten hier die Codeknacker seiner britischen Majestät ihren Dienst an. Immer noch waren es Handschlüssel, die es zu entziffern galt.

Wie für alle dieser stillen Dinge galt die Devise „Glück muss man haben“. Und wahrlich, Denniston`s Leute hatten Glück!

KAPITEL 2
DER 1. WELTKRIEG.

Die Urkatastrophe, das Ringen der Völker.

Nun war sie da, die Urkatastrophe, das Ringen der Völker. Bis Weihnachten sollte alles vorbei sein. Nun, ja, wir kennen die Geschichte. In unserem Bereich, der geheimen Nachrichtenübermittlung gibt es ein paar grundlegende Dinge. Professionalität und Kreativität ist das Eine. Glück des Tüchtigen dazu. Wenn dann noch Unfähigkeit gepaart mit Arroganz dazu kommen sind wir am 26. August 1914 angekommen. Der Kleine Kreuzer Magdeburg war Teil einer deutschen Marineeinheit, die unter dem Befehl von Prinz Heinrich an einer Unternehmung gegen die russische Ostseeflotte teilnahm.

Die Magdeburg.

In der Nähe der Insel Osmussaar im Baltikum strandete die Magdeburg. So was soll ja schon passiert sein, in der Vergangenheit.

Was das Entscheidende an dieser Sache war, ist die Tatsache das die Besatzung vor dem Ausschiffen, die Magdeburg war nicht mehr freizubekommen, die Chiffreunterlagen nur unzureichend vernichtet hat. Ein Codebuch wurde mit einem Eisenstück in einem Sack versenkt. Die anderen liegengelassen. Man dachte wohl das die erfolgte Sprengung des Kreuzers diese Sache auch erledigt. Pustekuchen!

Die Russen erbeuteten die beiden liegengelassenen Codebücher und tauchten das versenkte Codebuch raus. Dazu erbeuteten sie die 10,5 cm Geschütze und verbauten sie auf russische Marineeinheiten. SMS Magdeburg war ja ein relativ moderner Kreuzer Baujahr 1911. Entsprechend modern war die Ausrüstung.

Das marode Zarenreich hatte ja für alles Geld, nur nicht für die Ausrüstung ihrer Schiffe. Diese Codebücher wurden dann den Engländern übergeben und nach Room 40 gebracht. Da war natürlich eitel Freude geboten.

John Tiltman.

Die Codeknacker unter Alastair Denniston und dem noch jungen John Tiltman konnten ihr Glück kaum fassen. Ungläubig der Tatsache, dass die Deutschen so blöde waren.

Im nächsten Krieg waren Codebücher beziehungsweise deren Schrift wasserlöslich. Das hatte man wohl daraus gelernt. Aber um welchen Preis! Die Folge des Magdeburg-Desasters war, das die englische Seite alle deutschen Funksprüche dechiffrieren konnte. Welche Auswirkungen das hatte sei mit einigen Beispielen belegt. Die Lusitania auf ihrer berühmten Reise nach England im Jahre 1917, wurde gezielt auf SMS U 20 manövriert. Vollgestopft mit Waffen und Sprengstoffen von den Passagieren gar nicht zu reden. Ergebnis ist bekannt. Die englische Seite hat es nach fast hundert Jahren zugegeben. Lusitania versenkt, Amerika tritt in den Krieg ein.

War ja auch besser für die USA oder eher für einige Herrschaften der Finanzwelt. Denn hinter verschlossenen Türen hat in den Jahren vorher ein US-Bänkerkonsortium um die Herren Rothschild und Co massiv Kredite an England und Frankreich ausgegeben. Kann sich der interessierte Leser vorstellen was passiert wäre, wenn das deutsche Reich zu einem vorteilhaften Frieden oder gar einem siegreichen Ende gekommen wäre. Noch dazu wo Russland aus der antideutschen Koalition ausgestiegen ist. Soweit gut, wenn man dann auf deutscher Seite nicht so saudumm gewesen wäre die sogenannte „Zimmermann-Depesche" an Mexiko zu übergeben.

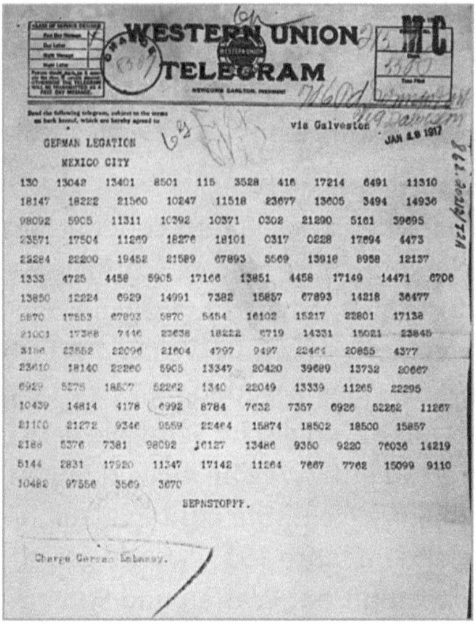

WESTERN UNION TELEGRAM

NEWCOMB CARLTON, PRESIDENT

via Galveston

JAN 19 1917

GERMAN LEGATION

MEXICO CITY

130 13042 13401 8501 115 3528 416 17214 6491 11310
18147 18222 21560 10247 11518 23677 13605 3494 14936
98092 5905 11311 10392 10371 0302 21290 5161 39695
23571 17504 11269 18276 18101 0317 0228 17694 4473
22284 22200 19452 21589 67893 5569 13918 8958 12137
1333 4725 4458 5905 17166 13851 4458 17149 14471 6706
13850 12224 6929 14991 7382 15857 67893 14218 36477
5870 17553 67893 5870 5454 16102 15217 22801 17138
21001 17388 7446 23638 18222 6719 14331 15021 23845
3156 23552 22096 21604 4797 9497 22464 20855 4377
23610 18140 22260 5905 13347 20420 39689 13732 20667
6929 5275 18507 52262 1340 22049 13339 11265 22295
10439 14814 4178 6992 8784 7632 7357 6926 52262 11267
21100 21272 9346 9559 22464 15874 18502 18500 15857
2188 5376 7381 98092 16127 13486 9350 9220 76036 14219
5144 2831 17920 11347 17142 11264 7667 7762 15099 9110
10482 97556 3569 3670

BERNSTORFF.

Charge German Embassy.

Zimmermann-Depesche.

Zum Stichwort. Im Falle eines Kriegseintrittes von Mexiko gegen die USA versprach man der mexikanischen Regierung weite Gebiete im Südwesten der USA. Womit wir wieder bei unserem Thema wären, die Nachricht wurde ruckzuck dechiffriert und an die Amerikaner übergeben. So schafft man es auch eine Nation kriegsbereit zu machen. Das dreckige Grinsen der Engländer kann ich mir heute noch vorstellen. Auch hierbei hat es sich um einen sogenannten Handschlüssel gehandelt. Die amerikanischen Bänker konnten ihre Kohle wohl retten. Die Zeche zahlten andere.

Ausfälle gab es aber auch auf der englischen Seite. Es war der 31.Mai 1916 und in der Nordsee kam es zur Skagerrakschlacht. Es wurde lebendig in den Funkbuden. Selbstverständlich wurden auch im Vorfeld Funksprüche ausgetauscht, die man in Room 40 dechiffrieren konnte.

Man wusste also, die Deutschen hatten was vor. Am Morgen dieses Tages übergab Admiral Scheer, der deutsche Flottenchef sein Funkzeichen an eine Station an Land und lief mit der Flotte in Richtung Norden. Das bemerkte man jedoch nicht in Room 40. Das Rufzeichen kam ja von der Küste. So war die deutsche Flotte längst in der Nordsee. Admiral Lord Jellicoe roch zwar den

Braten aber die Grand Fleet lief trotzdem zu spät aus, um eine Falle zu stellen.

Die Feindseligkeiten liefen trotz erheblicher materieller Überlegenheit sowieso nicht zu britischen Gunsten. Ganz im Gegenteil. Die Vernichtung der deutschen Flotte fand nicht statt. Wobei ich bei den englischen neu konzipierten Schiffskonstruktionen keinesfalls von einem englischen neuen Trafalgar ausgehe. Eher das Gegenteil. Nun gut, die Schlacht war gelaufen, die deutschen Schiffe erfolgreich auf dem Rückzug. Die Grand Fleet hinterher. Gerade jetzt wären Meldungen über den deutschen Status sehr von Vorteil gewesen. Aber der befehlshabende Admiral dem auch Room 40 unterstand befahl um 17 Uhr Feierabend. Ja, ich weiß, das klingt etwas nach „Asterix bei den Briten" und ihrer „Tea Time", aber es war so.

Die deutschen Schiffe kamen etwas verbeult, vor allem die Schlachtkreuzer unter Admiral Hipper hatten gelitten, aber doch noch schwimmend nach Hause. Wenn der Zerstörer HMS Faulknor in der Nacht zum 1. Juni 1916 nicht noch die alte SMS Hessen mit einem Torpedo erwischt und versenkt hätte, so wäre die britische Bilanz noch erbärmlicher ausgefallen. Dechiffrieren ist halt auch nicht alles, aber es ist sehr hilfreich beim Feind mitzulesen. Anwesenheit vorausgesetzt.

Darüber machten sich auch zwei holländische Marineoffiziere in den Jahren 1916/17 Gedanken. Ihre Überlegung war folgende. Eine möglichst komplizierte Verschlüsselung die doch von halbgescheiten Chiffreuren bedient werden könnte. Eine Maschine die von einem Buchstaben zum anderen verschlüsseln kann. Eine Maschine die genauso quasi im Rückwärtsgang entschlüsseln kann. Die Idee ENIGMA war geboren. Nur, Erfindungen von Offizieren gehen in Staatsbesitz über, für sie werden keine Patente erteilt. Also was tun. Wie wäre es mit einem Strohmann? Es wurde ein gewisser Herr Koch gefunden, der das

Gerät zum Patent anmelden sollte. Nur, der hat das Patent verscheuert und den Erfindern blieb nicht mal der Ruhm. So wollte es die Geschichte. Auf dieselbe vertrackte Weise wie das Kind ENIGMA auf die Welt gekommen ist, sollte ihre Geschichte weitergehen.

Und der Krieg, nun das ist bekannt. Deutschland wurde niedergerungen. Es erlag einer Übermacht. Die deutsche Flotte wurde ausgeliefert und versenkte sich selbst im Scapa Flow. Der englische schlecht konstruierte Kriegsschiffschrott konnte sich geringen Ruhm an die Rahen hängen. Jene englische Seite, die nun in den Besitz der deutschen Konstruktionsunterlagen gelangt ist, wurde schreckensbleich. Die deutschen Schiffe waren in allen Belangen um „Lichtjahre" überlegen. Aber Geld hatte man keines mehr und aus Deutschland konnte man nichts mehr herauspressen. So mussten die schwimmenden Schrotthaufen weiter das „White Ensign", die englische Kriegsschiffsflagge über die Meere tragen. Aber aus einem Scheißhaufen wird halt keine Sachertorte, so wie ein englischer Sieg im Skagerrak. Welche Rolle das noch für später spielt, vor allem für unser Thema. Wir werden sehen.

KAPITEL 3
DIE „GOLDENEN ZWANZIGER“ UND IHRE INNOVATIONEN

Die Zwanziger – das golde Zeitalter?

Vorbei mit dem Kaiserreich! Die Flotte versenkt. Die Weimarer Zeit begann in einem ausgebluteten Deutschland. Die Sieger haben harte Bedingungen diktiert. Von einer Dolchstoßlegende kann keine Rede sein. Der Krieg war definitiv verloren. Aber nicht an der Westfront, sondern im Süden. Rekapitulieren wir kurz. In der Nähe von Vitorio Veneto haben sich eine halbe Million Österreicher von den Italienern und ihren Verbündeten einsacken, sprich gefangen nehmen lassen. Folge, die Südfront war verloren, weitere Folge, der Weg nach Norden durch Österreich ins deutsche Reich war frei. Ludendorff bekam einen Nervenzusammenbruch und Feierabend war es. Der Rest fand in einem Eisenbahnwaggon in Compiegne statt. Nach diversen roten Revolutionsversuchen gab es auch in Deutschland einen Neuanfang.

Arthur Scherbius.

Unser Neuanfang fand dahingehend statt, dass ein Herr Arthur Scherbius am 23. Februar 1918 eine mechanische Verschlüsselungsmaschine zum Reichspatent Nr. 416219 anmeldete. Dabei handelte es sich um die angebliche Innovation eines Herrn Koch, die dieser wiederum den beiden holländischen Offizieren Van Hengel und Spengler abgegeiert hatte. Nun, ENIGMA war geboren.

Sie sehen, die Story ging genauso vertrackt und verzinkt weiter wie sie begann. Arthur Scherbius ging nach Berlin und versuchte „sein“ Patent zu vermarkten. Dies war in Anbetracht der Situation natürlich zunächst schwierig. So verging eine Weile.

Die Chiffriermaschine.

a, b, c, d zeigen die Griffe, mit denen die Anfangsstellung des Walzensystems — der Schlüssel — gemäß den getroffenen Vereinbarungen eingestellt wird, und zwar die ersten vier Buchstaben des aus acht Buchstaben bestehenden Schlüssels (in den Fenstern e, f, g, h sichtbar) mit halb hineingeschobenen Griffen a—d, die folgenden vier Buchstaben (in den Fenstern i, j, k, l sichtbar) mit ganz hineingeschobenen Griffen a—d. Nach Einstellung werden die Griffe ganz herausgezogen. Der Stand des Zählwerks, das die chiffrierten Buchstaben zählt, ist an den Fenstern erkenntlich. Wird das Zählwerk mittels des Griffes m und des Hebels p auf Null gestellt, so zeigt es die seit Beginn der Arbeit chiffrierten Buchstaben an. Sollen mehrere Chiffrate hinter einander gegeben werden, die für verschiedene Empfänger bestimmt sind, so muß den Empfängern, denen nur der Anfangsschlüssel bekannt ist, die Zahl mitgegeben werden, bei der das betreffende Chiffrat beginnt. Dazu dient der Hebel n, der auf Klarschrift umgestellt wird. Klartext kann an jeder beliebigen Stelle eingeschaltet werden. Die Kurbel r dient zur Feststellung von Fehlern, der Chiffriermechanismus wird dadurch auf die in Betracht kommende Zahl eingestellt. — Das Entziffern wird dadurch bewirkt, daß das ankommende Chiffrat nach Umstellung des Hebels o auf „Dechiffrieren“ ohne Rücksicht auf die Gruppenabstände auf der Maschine abgeschrieben wird. Es erscheint dann der ursprüngliche Klartext genau in derselben Weise, wie er vom Absender niedergeschrieben wurde. Die Tastatur ist mit s bezeichnet, die Taste u dient zum blinden Weitertransport des Wagens.

Die ENIGMA „A“ war der Anfang

Die ENIGMA „B“.

ENIGMA Walzen.

Die ENIGMA „A“ war dann Anfang der Zwanziger Jahre verkaufsreif. Zunächst gedacht für Firmen und Betriebe. Die haben ja auch ihre Geheimnisse dachte man wohl. Eine ENIGMA „B“ folgte darauf.

Zur Technik. Wie funktioniert ENIGMA. Wir nehmen einen Buchstaben, meinetwegen A. Dieser wird durch den ersten Rotor oder Walze geschickt. Dort wird aus dem A ein F. Dieses F schicken wir durch die nächste Walze dort wird ein H draus. In der nächsten Walze wird aus dem H ein U zum Beispiel. Bei jedem eingegebenen Buchstaben drehen sich die Rotoren oder Walzen einen Schritt weiter. Deswegen wird aus dem gleichen A, das wir jetzt noch mal eingeben, wieder ein anderer Buchstabe und so weiter. Bei der Verdrahtung wurde darauf geachtet, dass sich ein Buchstabe nicht in sich selbst verschlüsseln kann, dass aus unserem A nicht über die Umwege wieder ein A wird. Wenn wir jetzt einen Buchstabensalat auf dem Tisch liegen haben, den es zu dechiffrieren gilt, müssen wir folgendes beachten. Die Rotoren oder Walzen müssen in der gleichen Position sein, wie bei der Person, die den Originaltext eingegeben hat. Dann können wir den Klartext mit der ENIGMA dechiffrieren. Der Lauscher bei der anderen Feldpostnummer aber weiß nicht wie die Rotoren zu Beginn einzustellen sind und kann nur dumm schauen ob des sinnlosen Buchstabensalates. Wenn er überhaupt Kenntnis von der Maschine hat.

Zu behaupten die ENIGMA und ihre Idee wäre einmalig ist falsch. Sehen wir uns doch mal die Gegenfabrikate in den zwanziger und dreißiger Jahren an. Gerhard Arvid Damm brachte eine kleine Maschine heraus.

Gerhard-Arvid-Damm.

Boris Hagelin.

Ebenso Boris Hagelin. In den USA ließ sich Hugh Edward Hebern eine größere Tischausführung patentieren. Der führende amerikanische Kryptologe William Friedman hat später die SIGABA entwickelt, die den Krieg über nie geknackt wurde. Ein Alexander von Kryha brachte noch Ende der Zwanziger oder Anfang der dreißiger Jahre eine kleinen handlichen

Hugh Edward Hebern.

Drehdiskus heraus für dessen Entzifferung William Friedman gerade mal 2 Stunden benötigte. Nicht zu vergessen die Type X oder Typex in England.

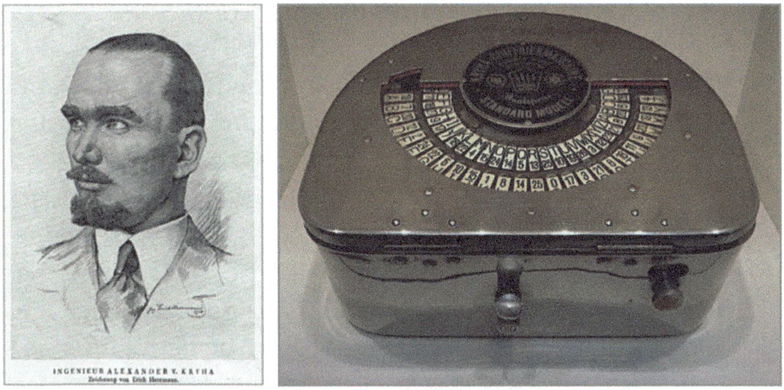

Alexander von Kryha und seine Spezialmaschine.

Wir aber gehen wieder nach Berlin in die Spandauer Strasse 2. Dort betrieb Scherbius seine Manufaktur. Einer von Scherbius` Mitarbeitern, Willi Korn, meldete Reichspatent Nr. 452194 am 21. März 1926 an. Die sogenannte Umkehrwalze.

Die Umkehrwalze und ihre Funktion im Schema.

Wir haben uns gemerkt, dass die Buchstaben in jeder der drei Walzen verändert werden. Die Umkehrwalze aber bewirkt, dass die Buchstaben noch einmal durch die Walzen retour geschickt werden, sich also noch mal dreimal verändern. Sie werden jetzt sagen, eine tolle Idee! Doppeltgemoppelt, prima. Doch gerade diese Umkehrwalze war die große Schwäche des Systems ENIGMA! Sie hat das System berechenbarer gemacht als vorher mit nur 3 Rotoren. Wir werden später noch sehen wie sich das auswirkt in dem Desaster, dass wir 2. Weltkrieg nennen.

Wenn auf den Rotoren statt Buchstaben Zahlen angebracht waren so handelt es sich um ein Marinemodell. A-B-C usw. wurden durch 1-2-3- usw. ersetzt.

Die Walzen sind durch Kontakte und Drähte miteinander Verbunden, so richtig analog. Die Rotoren waren austauschbar liefen aber verschieden schnell. Also 1-2-3 oder 2-3-1 oder 3-1-2 oder wie auch immer. Der Weg der Chiffre war also immer der gleiche. Das Geheimnis war der Einstieg. Das war dann der Tagescode. Wenn ENIGMA den Weg der ENIGMA „B" weitergegangen wäre, mit mehr Walzen, so wie die SIGABA oder die britische Type X oder auch Typex genannt, wer weiß, wie der 2. Weltkrieg ausgegangen wäre. Diese beiden großen Tischschlüsselgeräte konnten von den deutschen Horchspezialisten nie entschlüsselt werden.

1929 verunglückte Arthur Scherbius bei einem Autounfall tödlich. Seine Sekretärin führte die Geschäfte weiter. Dr. Rudolf Heimsoeth und Elisabeth Rinke. Firma Heimsoeth & Rinke verblieb in der Spandauer Strasse bis zum Ende. 1926 übernahm die

Kriegsmarine das System ENIGMA später 1928 das Heer und erst 1934 die Luftwaffe.

Die ENIGMA wurde auch in anderen Nationen eingeführt. So zum Beispiel in Italien und in der Schweiz. Jedoch ohne Umkehr-

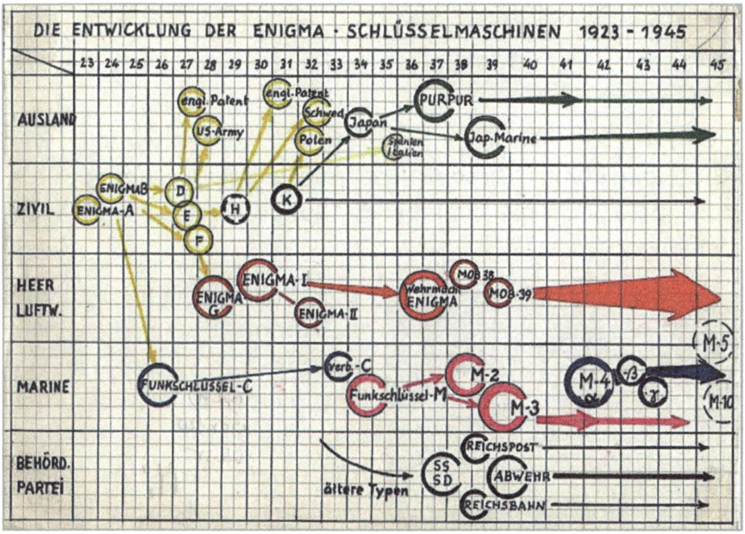

Schema von Dr. Jürgen Rohwer.

walze. Für Japan wurde das sogenannte Tirpitz-Modell gefertigt. Ebenfalls ohne Umkehrwalze.

Eine Besonderheit in Sachen ENIGMA hatte der deutsche Geheimdienst. Eine ENIGMA mit 4 Walzen und einer drehbaren Umkehrwalze. Die ENIGMA „G“ wie Geheimdienst war den ganzen Krieg über in Gebrauch.

Der Lorenz Schlüsselzusatz 42.

Die Wehrmacht verließ sich aber nicht nur auf dieses eine System. Für die höheren Stäbe war ein Fernschreiber mit Schlüsselzusatz in Betrieb. Der sogenannte Lorenz Schlüsselzusatz 42. Auch ein System mit Rotoren jedoch ohne Umkehrwalze wie SIGABA oder Typex. Diese Art von Verschlüsselung war noch bis in die späte Sechziger Jahre bei der Bundesmarine in Gebrauch oder länger.

ENIGMA Steckerfeld.

Die dreißiger Jahre und die aufkommende Kriegsgefahr brachte dem System ENIGMA entscheidende Verbesserungen. So wurde die ENIGMA mit einem Steckerfeld vorne versehen. Dieses Steckerfeld bewirkte das einzelne Buchstaben noch vor dem Eintritt in das Rotorsystem ausgetauscht werden. Jeweils 4 Buchstaben wurden „gesteckert". Dazu kamen die Rotoren 4 und 5. Es konnten also ab den späten Dreißigern drei von 5 Walzen ausgewählt werden.

Wenn ich mir die Geschichte so ansehe, dann müsste es doch mit dem Teufel zugehen, wenn der Feind in dieses System einbrechen kann, oder?

KAPITEL 4
DIE POLNISCHE GESCHICHTE

Polen, seit 1918 wieder souverän – vorher Teil des Zarenreiches.

Noch ist Polen nicht verloren, so lange wir leben. Marsch, marsch, Dambrowski, von Italien nach Polen. So der Text der polnischen Nationalhymne. Über Jahrhunderte hat Polen und seine Bevölkerung gelitten unter den Stiefeln und Bajonetten der Nachbarn. Dem Zarenreich, den Habsburgern, den Schweden und auch dem erstarkten Preussen im Westen. Wechselnde

Grenzen, wechselnde Bündnisse, wechselnde Herrscher. Zwischendurch Kampfhandlungen mit dem Osmanischen Reich und so weiter. Nicht zu vergessen der legendäre Sieg in der Schlacht auf dem Kahlenberg bei Wien 1683, der den Endpunkt der türkischen Invasion in Richtung Norden bedeutete. Womöglich verhinderte diese Schlacht die Ausbreitung des Islam nach Mitteleuropa.

Zu Beginn der Koalitionskriege entsandte man eine polnische Legion unter Jan Hendrik Dambrowski zur Unterstützung des neuen postjakobitischen Frankreichs nach Italien. Die revolutionäre Einstellung der polnischen Offiziere war jedoch Napoleon Bonaparte ein Dorn im Auge. Man schob die Polen nach Westindien ab wo sie durch Krankheiten weitestgehend dezimiert wurden.

Nach wechselnden Koalitionen und einem blutig gescheiterten Russlandfeldzug war Polen der letzte treue Verbündete des Ursupatoren und selbstgekrönten Kaisers Bonaparte. Alle Hoffnungen, die das polnische Volk auf den Korsen und Frankreich gesetzt hatte, wurden bitter enttäuscht. Alles vergossene polnische Blut. Vor allem in Russland. Umsonst.

Beim Gut Belle Alliance in Belgien, in der Nähe des Städtchens Waterloo war der Weg des selbsternannten Kaisers endgültig zu Ende. Europa wurde neu aufgeteilt. Polen war nicht auf der Seite der Sieger. Es gab keine Fürsprecher für das gebeutelte Land und so wurde Polen verschachert an Russland, Preussen und Österreich-Ungarn. Russland ergatterte den Löwenanteil. Es sollte ein Jahrhundert dauern bis nach vielen kleineren Waffengängen der nächste grosse Krieg über Europa hereinbrach. Nun, über den 1. Weltkrieg haben wir schon gesprochen und über die gärende Unruhe im Zarenreich die in eine Revolution mündete. Man sollte nicht vergessen, dass die meisten Kampfhandlungen an der Ostfront des 1. Weltkrieges auf polnischem Gebiet ausgetragen wurde. Doch nach dem Chaos des 1. Weltkrieges und der daraus resultierenden Neuordnung Europas sollte auch für die Polen eine neue Zeit beginnen, nebst einem ordentlichen Gebietszuwachs auf Kosten des von blutigen Kämpfen zerrissenen revolutionären Russland.

Ein wahrer Rittmeister unser Sosnowski.

Polen, seit 1918 wieder ein unabhängiger Staat, hatte allen Grund seinen Nachbarn zu misstrauen. Vor allem den wiedererstarkenden Deutschen. Daher war es nicht verwunderlich, dass das junge Land seine Nachbarn im Auge behalten wollte. Es war ja auch verständlich, nach all dem Terror des 1. Weltkrieges. Es begann also eine lebhafte Spionagetätigkeit. Ein Beispiel war die Gruppe um den Rittmeister Sosnowski. Diesen Rang hatte wohl in der Spionagegeschichte niemand mehr verdient als Jerzy Sosnowski. Zusammen mit zwei Damen in seiner Begleitung war er eines der polnischen Ohren im Berlin der dreißiger Jahre. Diese Damen, Benita von Falkenhayn und Renate von Natzmer, das waren beileibe keine Vorstadtschlampinchen die mit einem „...protz endlich ab, ich hab nicht ewig Zeit..." ihr „Geschäftchen" hinter einem Gebüsch verrichteten, sondern adlige wohlerzogene Damen die es verstanden mit einem gehauchten „...ach sie Schwerenöter..." dahinzusinken und die Beine breit zu machen. Am besten natürlich bei Herren die auch was zu bieten hatten. Möglichst Informationen aller Art. So wie Reichswehroffiziere. Nun, ja, wir kennen das ja, wenn die Herren etwas älter werden und die Glocken dann länger sind wie das Seil. Da betont man schon mal seine Wichtigkeit in trauter Zweisamkeit. Dann fangen die alten Böcke das Quasseln an. Das war vor tausend Jahren auch nicht anders.

Auch adlige Damen können ihren Kopf mal verlieren, nicht nur bei einem smarten Rittmeister. So wie in unserem Fall auch in Plötzensee unter dem Fallbeil des Henkers wegen Spionage. Auch Sosnowski hat im Krieg sein Leben ausgehaucht im Jahre 1943 in Südpolen, so berichtet. Da hat ihm sein scharfer Degen auch nichts mehr geholfen.

Eingedenk dieser Worte über das Lotterleben im Berlin der dreißiger Jahre ist es nicht verwunderlich, dass der polnische Geheimdienst 1931 einen Tip bekommen hat aus irgendeiner Quelle. Eine ENIGMA sollte zur deutschen Botschaft nach Warschau geschickt werden. Mit der Post!

Also war eines Tages ein Eisenbahnzug auf dem Weg nach Warschau. Dabei, säuberlich verpackt in Stroh in einer Kiste und niemand hat darauf aufgepasst, die ENIGMA für die deutsche Botschaft in Warschau. Vermutlich hat dieser Umstand für die deutsche Seite den Krieg versemmelt. Na, denn, wer weiß wofür es gut war...

Polnischer ENIGMA-Klon.

Die ENIGMA war 24 Stunden im Besitz des polnischen Geheimdienstes. In dieser Zeit wurde das Gerät vollständig zerlegt und wieder zusammengebaut. In den darauffolgenden Jahren wurden gerüchteweise um die 70 Repliken in Polen gefertigt. Und die Katz` hat hinterm Ofen nichts bemerkt. Die Repliken waren sehr hilfreich beim dechiffrieren.

Das Palais Sakski in Warschau. Sitz des polnischen Geheimdienstes. Eine Abteilung war das Bjuro Schifrow. Dort taten Dienst, der junge Mathematiker Henryk Zygalski, sein noch jüngerer Kollege Jerzy Rosicki und einige andere. Leiter der Abteilung war der am 5.Oktober 1905 in Bromberg geborene Marjan Rejewski. Nunmehr waren sie mit

Rosicki

Zygalski

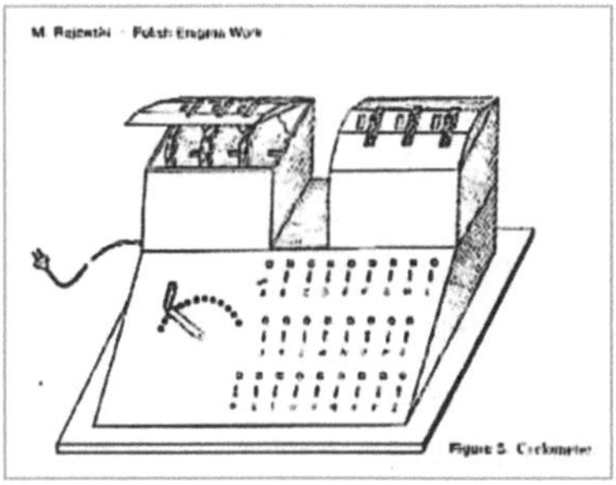

Zyklometer.

Marjan Rejewski.

der Funktion der ENIGMA und vor allem mit der Verdrahtung der Rotoren vertraut. Die deutsche Seite hat diese Verdrahtung bis 1945 nicht geändert!! Unglaublich!!

1932 gelang die erste Entzifferung eines verschlüsselten Funkspruches. Man arbeitete weiter. Mit dem Zyklometer wurde das erste Gerät zur mechanischen Entschlüsselung gebaut. Es folgte später die Bomba, die noch leistungsfähiger war und schon mehrere Zyklen auf einmal bearbeiten konnte. Die Polen konnten mitlesen, zwar nicht alles und mit Mühe, aber sie konnten.

Gehen wir mal dem grundsätzlichen Gedanken nach. Wie greife ich die Verschlüsselung der

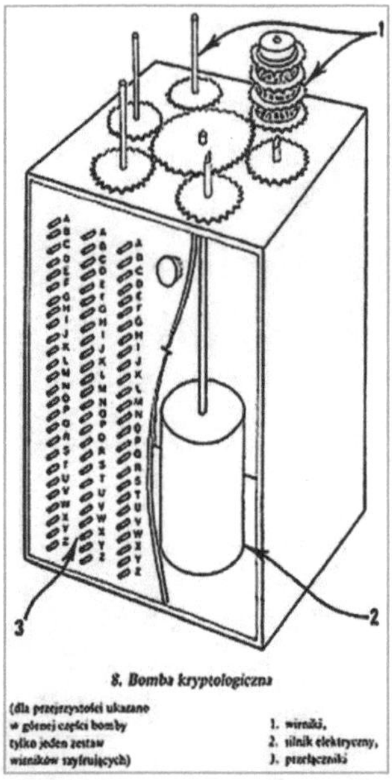

Polnische Bomba.

ENIGMA an. Wir wissen jetzt, wie sie funktioniert. Also Rotoreinstellung ist gleich Tagescode. Damals noch monatlich. Wie kriege ich diese Grundeinstellung heraus. Die gleiche Frage stellte sich das Team um Rejewski. Versuchen wir es doch mal mit einem Beispiel, das ich gerne bei einem Vortrag bringe. Ich will ein Fahrrad klauen, dummerweise ist ein Fahrradschloss daran. Mit Zahlencode. Was tun. Ich will aber das Fahrrad!! Also probieren 001 und ziehen, 002 und ziehen 003 und ziehen 004 .... Irgendwann geht das Ding auf. Nun haben wir aber kein Fahrrad, sondern einen Funkspruch.

Also gehen wir es anders herum an. Ein U-Boot funkt früh am Morgen an den BdU, den Befehlshaber der U-Boote. Da ist mit Sicherheit ein bestimmtes Wort dabei. Der funkt eine Wettermeldung. WETTER. Und wenn das Wort hinten rauskommt nachdem wir diverse Einstellungen der Rotoren ausprobiert haben so wie 001, 002, 003, 004.... irgendwann taucht das Wort in Klarschrift auf. Dann haben wir den Tagescode und können alle anderen Funksprüche des Tages entschlüsseln, denn wir haben die Grundeinstellung herausgekriegt, die nur dem Chiffreur und dem Dechiffreur bekannt ist. Und natürlich dem Oberkommando der den Tagescode herausgegeben hat. Jetzt haben wir ENIGMA geknackt!

Die Technik hat Fortschritte gemacht in den späten Dreißigern. So auch die Entwicklung des RADAR. In Deutschland Seetaktgerät genannt. Die Engländer wollten wissen ob die Deutschen auch so was hatten. Also schickte man von der Insel Robert Watson-Watt, Erfinder des Radars, später ausgezeichnet mit dem Titel „Retter des Vaterlandes“, samt seiner Gattin mit dem Fahrrad auf Urlaub nach Germany. Zwecks „sightseeing“. Natürlich sollte er schauen ob er was Interessantes findet. Auf die Idee kamen aber auch die Deutschen. Man rüstete einen Zeppelin mit Messgeräten aus. Der sollte nach Britannien fliegen und schauen ob die Engländer ein Funkmesssystem hatten. Hatten sie. Aber in Polen wurden entsprechende Funksprüche dechiffriert. In aller Freundschaft erhielten die Engländer einen Tip und schalteten die Anlagen zur gegebenen Zeit ab.

In England aber, kam man auf den Gedanken, woher zum Teufel wussten die Polen von der Aktion. Können die vielleicht....

KAPITEL 5
CHATEAU VIGNOLLES, EINE GANS UND IHRE ANGST VOR KIRCHWEIH

Der Krieg warf seine Schatten voraus!

Die späten dreißiger Jahre, die Luft roch schon nach Krieg. Im Januar 1939 trafen sich drei Geheimdienste in besagtem französischem Chateau. Deckname P C Bruno. Der Dechiffrierzentrale des französischen Geheimdienstes. Ich würde ja gerne schreiben, es trafen sich drei Geheimdienstchefs. War aber nicht.

Gwido Langer.

Gustave Bertrand.

M.

Oberst Gwido Langer vom polnischen Geheimdienst war da, Colonel Gustave Bertrand vom französischen Geheimdienst war da. Wer nicht da war, das war M.

Natürlich nicht der M aus dem Kino, sondern sein historisches Vorbild, dem Ian Fleming in seinen Storys um 007 ein ewiges Denkmal gesetzt hat bis heute. M, das war Steward Graham Menzies, der Chef des englischen Geheimdienstes im 2. Weltkrieg. Von ihm existieren kaum Fotos. Aus der Zeit vor dem 2. Weltkrieg ein Bild mit Frau aus einem Adelsverzeichnis. Nach dem Krieg ein Bild mit Winston Churchill und eines auf seinem Totenbett. Ein geheimnisumwitterter Mann. Er zog die Fäden sowohl bei der Operation ULTRA als auch bei der Operation DOUBLECROSS. Dabei wurden die deutschen Spione in England „umgedreht“. Alle Spione. Doublecross war sehr erfolgreich. Unter anderem wegen der Fehlinformationen über die Treffsicherheit der V 2.

Wie dem auch sei, nach Vignolles hat er einen gewissen Major McFarlane geschickt. Den hat die Geschichte nicht wiedergesehen.

Hat sich M vielleicht geschämt? Die Engländer wussten ja absolut nichts über Funktion und Technik von ENIGMA. Dafür hat Colonel Bertrand die Hosen, wenn auch nicht runtergelassen, so doch etwas geöffnet. Er war im Besitz der geheimen Reichsdurchführungsverordnung 14 und 15 zum Umgang mit ENIGMA. Die hat er von einem deutschen Offizier gekauft, einem Hauptmann Hans-Thilo Schmidt, Deckname war „Asche". Dazu die Schlüsseltafeln 9 und 10 von 1933. Es wurde ja damals nur monatlich die Einstellung der ENIGMA geändert

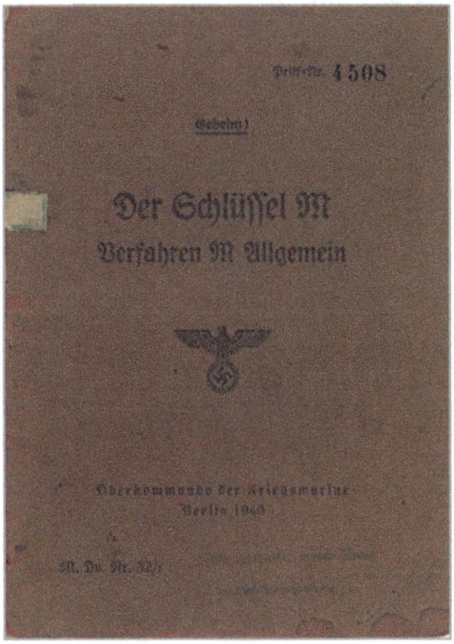

Diese Schlüsseltafeln betrafen, wie wir wissen, die Grundeinstellung der Schlüsselmaschine ENIGMA. Und die Polen? Oberst Langer merkte, die wissen ja überhaupt nichts! Alles leere Hosen! In diesem Bewusstsein fuhr er nach Warschau zurück.

Tauschwalze 4 und 5 eine zusätzliche Sicherheit.

Anfangs wurden jeweils 2 Buchstaben „gesteckert". Später waren es 5 Buchstaben. Dieses System wurde stur beibehalten. Immer 2, später immer 5. Diese Stereotypie spielte den Codeknacker in Bletchley Park in die Hände. Ebenso das die Verdrahtung der Rotoren, also wohin der zu verschlüsselnde Buchstabe geleitet oder geschickt wurde, im Laufe des Krieges nie geändert wurde.

Nun führten aber die Deutschen um den Jahreswechsel 38/39 die beiden neuen Tauschwalzen 4 und 5 ein, dazu noch das Steckerfeld. Zur Erinnerung, da wurden noch mal je 4 Buchstaben vorab vertauscht, vor der Walzeneinstellung. Also war auch die Polen ab dieser Zeit „Blind". Aber die polnische Spionage lieferte genügend Informationen, um aufzuzeigen das für die polnische Mastgans bald Kirchweih ansteht.

Was mit der Gans an Kirchweih passiert muss ich ja dem geneigten Leser nicht erklären. Sie wird gefressen. Die deutschen Truppen standen bereit. Also nahm man Kontakt mit England auf. Im Kataby-Wald in der Nähe von Pyry traf man

sich. Die Polen um Marjan Rejewski und die Engländer Alastair Denniston, Chef des GC&CS, der Goverment Code and Cipher School, den kennen wir noch aus Room 40.

Dillwyn Knox.

Denniston Pass.

Dann Dillwyn Knox, talentierter Codeknacker, und ein Offizier des britischen Marinegeheimdiensts. Dort bekamen die Engländer alle Unterlagen und eine ENIGMA-Replik aus polnischen Beständen. Die Unterlagen und die Replik wurden M persönlich am Bahnhof übergeben. Alles andere wurde gründlich vernichtet.

Ist ja alles schön und gut. Aber. Denken wir doch an die ersten Monate des 2. Weltkrieges. Den Sitzkrieg, den „Drole de Guerre“ wie die Franzosen diese Phase der Untätigkeit nannten. Ein paar Geplänkel an der französischen Grenze. Ansonsten für die Engländer nur dazu gut die deutschen Schiffe aus den Weltmeeren zu fegen und gelegentlich ein paar Bomben abzuschmeißen. Dafür kennen wir die Geschichte des deutschen Angriffes auf Polen. Der Blitzkrieg war geboren.

Wie wäre es denn mit einer absolut neuen Theorie, um diesen Umstand zu erklären. Denn nichts geschieht ohne Grund! Wie wäre es damit. Die Polen schlossen einen Handel. Unsere Kenntnisse über ENIGMA gegen ein Beistandsabkommen für den Kriegsfall. Nur getragen von polnischen Träumen von einem Grabenkrieg wie im 1. Weltkrieg und Kavallerieangriffen und einem britischen Expeditionskorps. Der polnische Generalstab war ein wenig „gestrig", träumte von Stacheldraht und Minen, MG-Nestern und Gräben. Pustekuchen. Überrollt. Aber die Briten haben Wort gehalten und am 3. September `39 die Kriegserklärung rausgegeben. Die Briten halten ihr Wort, aber sie tun auch nichts umsonst. Mit Winston Churchill später am Ruder, dem alten Deutschenhasser, nahm dann der Krieg richtig Fahrt auf.

Eine neue logische Erklärung über einen unlogischen Kriegsbeginn. Edelmütige Engländer, wer glaubt denn das...

Die Spezialisten unter sich.

Polen ist vorbei. Die polnischen Dechiffrierspezialisten, ungefähr 15 Personen um Marjan Rejewski wurden nach Cadix in Algerien verschifft. Dort sollten sie eine Art polnisches Exilradio machen. Das war ein besserer Urlaub. Ihrer bisherigen Tätigkeit gingen sie nicht mehr nach. Für sie war der Krieg vorbei. Henryk Zygalski wurde nach dem Krieg ein geachteter Mathematikprofessor in England und starb im Alter von 84 Jahren. Marjan Rejewski starb 1980 in Polen.

Beiden war nicht bewusst, was ihre Arbeit für den Verlauf des 2. Weltkrieges bedeutet hat. Über Jerzy Rosicki bleibt noch eine Geschichte offen.

Passagierdampfer LAMORICIERE im Mittelmeer.

Er ertrank im Jahre 1943 beim Untergang des französischen Passagierdampfers LAMORICIERE im Mittelmeer, zusammen mit um die 160 weiteren Passagieren. Angeblich im Sturm. Übrigens wurde sein Sohn 1960 in Rom Bronzemedaillengewinner im Fechten. Wir werden später noch lesen wie gut die Engländer das ULTRA-Geheimnis gehütet haben. Es ist durchaus denkbar, das Rosicki, wie viele Polen, sich Gedanken darüber gemacht hat mit der Sowjetunion zusammenzuarbeiten. Beim Stichwort „Katyn" wird der geneigte Leser sicher aufmerksam. Die Russen haben nämlich genauso abgehaust wie die SS. Würde mich gar nicht wundern, wenn im Wrack der LAMORICIERE ein fettes Torpedoeinschlagloch zu finden wäre.

Wenn ich so an die gewöhnliche Geschichtsschreibung denke, so ist das für mich wie eine Wiederholung von „Dinner for one". The same procedure as every year. Da bemerkt man schon Unregelmäßigkeiten seitens der arrivierten Historiker, über Geschehen und deren logische Abfolge, aber sich Gedanken machen über mögliche Lösungen und verbliebene Rätsel, nee....

Über den sogenannten "Polenfeldzug" wären noch ein paar begleitende Gedanken zu Papier zu bringen. Dies betrifft zum einen die neue Art der Kriegführung der Wehrmachtseinheiten. Dieser unterschied sich bedeutend von den Kampfhandlungen des 1. Weltkrieges. Nicht nur Nachrichtentechnisch. Der Angriff auf Polen wurde von schnellen Panzer- und Infanterieeinheiten ausgeführt. Die polnischen Verbände, deren Führung geistig noch in den Grabenschlachten des 1. Weltkrieges verharrte, wurden überrannt, eingekesselt, vernichtet oder zur Übergabe gezwungen. Polnische Kavallerie hatte auf dem Schlachtfeld des Jahres 1939 nichts mehr verloren außer ihrem Leben.

Zum anderen ist eine Tatsache in Vergessenheit geraten. Der Angriff auf Polen war eine Gemeinschaftsaktion. Vertragsgemäß haben vorher Nazideutschland und Sowjetrussland Polen unter sich aufgeteilt. Die Sowjetunion hielt sich schlauerweise 14 Tage lang zurück und das Deutsche Reich bekam die französisch-englische Reaktion in Form der Kriegserklärung zu spüren. Die Polen mussten also an zwei Fronten kämpfen. Später waren sie gezwungen mit den Schlächtern von Katyn Seite an Seite gegen die Nazischlächter zu kämpfen. Obwohl nach Kriegsende mit den deutschen Ostgebieten entschädigt, waren die Polen letztlich Verlierer, denn sie verblieben als Satellitenstaat der Sowjetunion bis zum Ende des "Kalten Krieges" und dem Ende des Kommunismus.

Möge dieses leidgeprüfte Land im Antlitz der Geschichte endlich Frieden, Freiheit und Wohlstand finden. Marsch, marsch, Dambrowski....

KAPITEL 6
DIE ORGANISATION BLETCHLEY PARK

Gedenkstätte im Bletchley Park.

Total Germany! Krieg! Der Krieg, den wir später mal den 2. Weltkrieg nennen werden, wurde losgetreten. Über den wahren Grund haben wir schon spekuliert. Keinesfalls war es die Edelmütigkeit jenes Inselvolkes, das einst die Welt beherrschte mit seinem Empire. Wir halten uns von den ersten Kampfhandlungen fern und blicken auf die Reaktion der geheimen Dienste in England. Unser Augenmerk richtet sich auf das Entschlüsselungszentrum der GC&CS in Bletchley Park. Einem Herrensitz nordwestlich von London in der tiefsten Provinz. Der Zufall wollte es, dass im Herbst 1939 eines der größten Genies in der

Das Genie – Alan Turing.

Geschichte der Menschheit, seinen Dienst antrat. Alan Turing. Mit der gleichen Genialität begabt wie Albert Einstein hatte Turing nur einen Fehler. Er war homosexuell. Im Britannien der Vergangenheit nicht unbedingt selten, aber verfemt und unter Strafe gestellt. Wie fast überall, damals. Nun, Robert Watson-Watt wurde zum Retter des Vaterlandes ernannt, wie schon gesagt. Alan Turing entging um Haaresbreite einer Gefängnisstrafe nach dem Krieg, wegen homosexueller Handlungen.

Gordon Welchman.

So begann also die erfolgreiche Zeit der britischen Funkentschlüsselung. Turing, zur Seite, Gordon Welchman und Dillwyn Knox, dem wir schon in Polen begegnet sind. Knox verstarb bereits 1943 an Überarbeitung.

Inglaterra: B. H. Wood, Sra. Vera Menchik de Stevenson, P. S. Milner Barry, Sir George Thomas, C. H. O. D'Alexander y H. Golombek

Weiterhin wurden von einem Schachturnier in Buenos Aires die englischen Schachprofis Stuart Milner-Barry, Hugh O`Donel Alexander und Harry Golombek nach Bletchley Park beordert. Allesamt Spitzenspieler.

Alastair Denniston, der Veteran.

F.W. Winterbotham.

Im August 1941 sollte sich das als Glücksgriff erweisen. Der Leiter der Aktion war Alastair Denniston, Chef der GC&CS. Ihm zur Seite Frederick William Winterbothem.

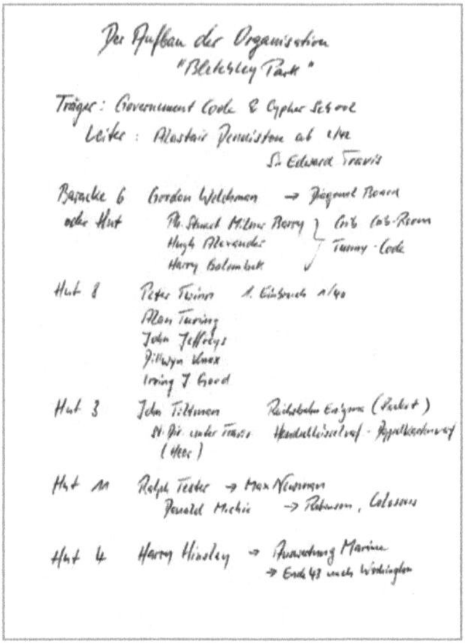

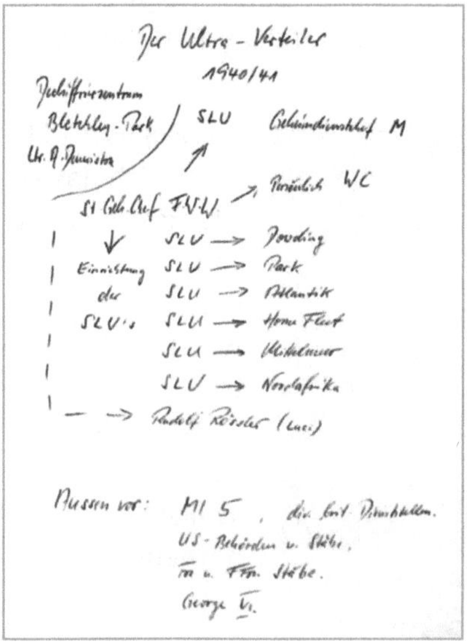

Er berichtete persönlich Winston Churchill und seinem Chef Steward Graham Menzies. Außerdem war Winterbotham für die Einrichtung der „Special Liaison Units“ zuständig. Diese SLU`s gaben die ULTRA Informationen an die zuständigen Befehlshaber weiter. So zum Beispiel Luftmarschall Keith Park oder dem „Submarine Tracking Room“. Die Home Fleet und das Mittelmeergeschwader Admiral Andrew Brown-Cunningham`s. Und so weiter. Außen vor blieb, man höre und staune, der Inlandsgeheimdienst MI 5 und seine Majestät King George. Man traute seiner Umgebung nicht. Ebenfalls nicht informiert wurden amerikanische, französische und später freifranzösische Dienststellen. Wobei die informierten Personen wie Luftmarschall Dowding nicht wussten woher die Informationen kamen. Das war ULTRA-Geheim.

Sir Edward Travis.

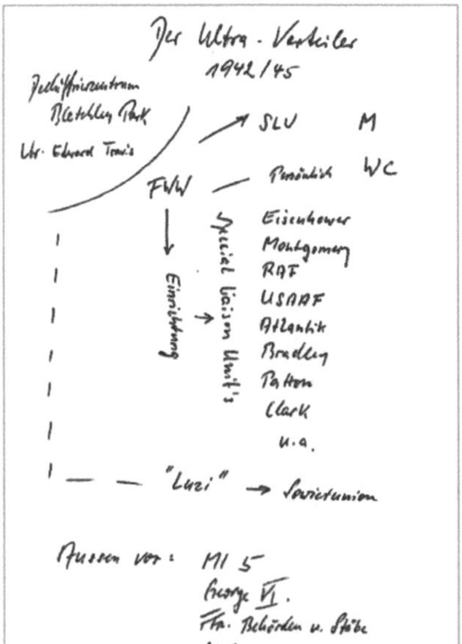

Ab 1942 änderte sich einiges in Sachen ULTRA. Alastair Denniston, der Veteran, wurde abgelöst von seinem Stellvertreter Sir Edward Travis. Mit der Ära Travis brach die Neuzeit an in Bletchley Park. Später darüber mehr. Bletchley Park war zum großen Teil blind geworden. Die Kriegsmarine führte den Funkschlüssel M-4 ein.

Für die deutschen U-Boote begann eine goldene Zeit. Die Versenkungen schnellten in die Höhe. Es wurde mehr versenkt an Schiffen als nachgebaut werden konnten. Die Schlinge um den englischen Hals, der ja auf Versorgung aus Amerika angewiesen war, zog sich bedenklich zu. Auch dazu später mehr.

Machen wir jetzt einmal einen Besuch in der Testery. Das war die Bastelabteilung in Bletchley Park unter Major Ralph Tester. Auch er wurde abgelöst durch ein

Major Ralph Tester.

Max Newman.

Genie mit dem Namen Max Newman. Ein kleiner unscheinbarer Herr mit Vergangenheit. Geboren wurde er in Deutschland unter dem Namen Max Neumann.

Von großem Nachteil war jedoch seine Herkunft, arisch war er nicht. Eher das Gegenteil. Also ab nach England. Da ist es natürlich äußerst ungut Neumann zu heißen. Nun, ja Fehler können behoben werden und so trat er seinen Dienst in der technischen Abteilung in Bletchley Park an. Die hieß dann auch später Newmanry. Er war der Chef der Abteilung zu der Zeit als der stellvertretende Leiter des Marinegeheimdienstes Ian Fleming in Bletchley Park zu Besuch war. Er hat diesem kleinen, wuseligen, intelligenten Juden ein ewiges Denkmal gesetzt, bestehend aus einem einzigen Buchstaben. Q. Und niemand hat`s gewusst. Da war noch ein junges Genie, kaum 18 Jahre alt, Donald Mitchie später Mathematikprofessor. Diese beiden, Newman und Mitchie sind mit dem „Überhirn“ Alan Turing in damals unvorstellbare Dimensionen vorgedrungen.

Das Ergebnis ihrer Arbeit:

COLOSSUS – Der erste speicherprogrammierbare Computer der Geschichte.

Newman und Mitchie und mit dem „Überhirn" Alan Turing erschufen COLOSSUS.

Dorothy du Boisson und Elsie Booker bedienten COLOSSUS

Sehen wir uns doch mal die Arbeitsabläufe an im Dechiffrierzentrum. Von den Wrens, den weiblichen Helfern, werden die abgehörten Funksprüche, der irre Buchstabensalat, aufgeschrieben und weitergegeben. In der Verkehrsanalyseabteilung wird festgestellt woher der Funkspruch kommt. Vom OKW, dem Oberkommandowehrmacht, von einem U-Boot im Atlantik, dem BdU, einer Armeeabteilung im Feld, von der Luftwaffe oder gar von höchster Stelle OKH oder Führerhauptquartier.

Turing-Bombe – Nachfolger der polnischen Bomba und Vorgänger von COLLOSOS.

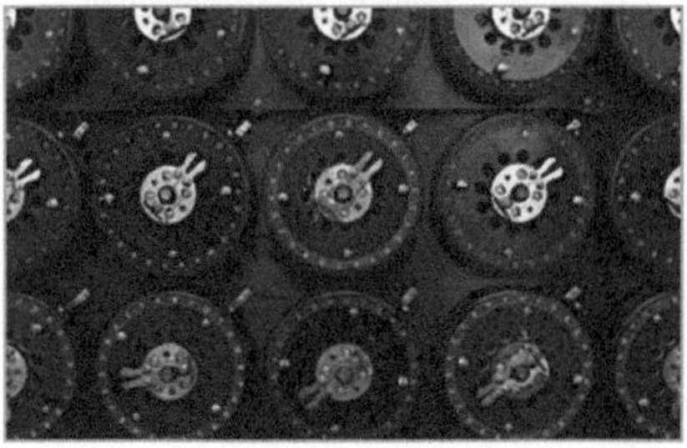

Jeweils eine Dreiergruppe in der Turing-Bombe bedeutete eine Grundeinstellung der ENIGMA. In unserem einfachen Beispiel mit dem Fahrradschloss bedeutete es also „einmal ziehen". Dann eine Schaltung weiter, noch mal ziehen. Jede Dreiergruppe bedeutete also einen Helfer beim Schlossknacken. Also einer zieht von 0 - 50, der zweite von 51 bis 100 usw. Wenn unser imaginäres Fahrradschloss aufgeht, so ist dies gleichbedeutend mit dem „Crib", dem möglichen Wort. Dann haben wir die Grundeinstellung der ENIGMA an diesem Tage und können alle Funksprüche dechiffrieren.

SS oder SA, vom Geheimdienst oder wo auch immer. Dann wird der Code weitergegeben in den sogenannten „Crib"-Raum. Hier wird nach dem möglichen Wort gesucht, das im Funkspruch vorkommt. Und gerade hier wird eine deutsche Untugend zum Verhängnis. Die Stereotypie. Immer die gleiche phantasielose Abfolge. Also, wenn wie schon erzählt, in der Frühe ein U-Boot funkt ist todsicher das Wort „Wetter" dabei.

Wenn ein Armeekommandant im Felde einen Funkspruch loslässt. An das „Oberkommando der Wehrmacht", immer das gleiche. Stereotypie! Dieses mögliche Wort wird in die Turing-Bombe eingegeben, die läuft dann so lange bis dieses Wort im Klartext erscheint. Dann ist der Tagescode heraus und alle anderen Funksprüche können in Klartext wiedergegeben werden. Na gut, nicht alle Funksprüche, aber dazu auch später.

Tisch-Rotor-Schlüsselmaschine Typex.

Für die also darauffolgende einfache Dechiffrierarbeit eignete sich hervorragend die englische Tisch-Rotor-Schlüsselmaschine Typex. Die Texte werden dann weitergegeben an die nächste Analyseabteilung, die dann die Funksprüche sortiert und einordnet. Je nach dem an die SLU´s weitergibt, den Submarine Tracking Room, der dann die Konvois entsprechend umdirigiert oder an die britischen Stäbe, die daraus ihren Nutzen im Felde ziehen. Wenn ich hier nur einige Namen genannt habe so möchte ich doch daran erinnern, dass im Bereich Bletchley Park Zehntausend Personen an der Aktion ULTRA arbeiteten!

Das Jahr 1942 brachte den Krieg erst richtig in Schwung! Die USA traten in den Krieg ein, um sich seines Rivalen Japan zu entledigen. Der Beistandspakt mit Deutschland kam dem entgegen. Jetzt war es endgültig ein Weltkrieg. England wurde ja seit 1939 schon offen unterstützt. So änderte sich auch in Bletchley Park einiges. Die Amerikaner wurden in den ULTRA-Verteiler einbezogen. Eisenhower, die US-Airforce, Bradley, Patton. Sie alle kamen in den Genuss von ULTRA. Manche nahmen es dankend an, Patton war es zuwider. War halt ein Sonderling dieser amerikanische Erwin Rommel. Der MI-5, Inlandsgeheimdienst seiner Majestät blieb weiterhin ohne ULTRA. Desgleichen die Franzosen. Wohl aber hatte man über eine Hintertür, einen Schweizer

Kartenhändler namens Rudolf Roessler, Informationen an Stalin lanciert.

So das Angriffsdatum und Uhrzeit für den Angriff auf das Kursker Becken. Und anderes mehr. Lange Zeit hieß es „Das Rätsel Rudolf Roessler". Er starb 1954. Er sagte zu Lebzeiten noch, er hatte eine Funkverbindung. Interessant wäre noch, dass an der Schweizer Abteilung der berühmten „Roten Kapelle" ein deutscher „Romeo" dran war. Er war der Freund einer Agentin namens Rachel Dübendorfer. In unmittelbarer Nähe an der Dübendorfer und Roessler. War wohl knapp, die Sache. Was wiederum die Frage aufwirft. Was für ein Spiel spielte Admiral Wilhelm Canaris, der deutsche Gegenpart und Geheimdienstchef. Wir werden es wohl nie erfahren. ULTRA blieb ein Geheimnis. Nächste Frage, was wusste Stalin? Er hatte einen Spion in Bletchley Park.

Ziehen wir mal kurz eine Bilanz.

Das Ergebnis dieser Arbeit. 210 Turing-Bomben, 13 Colossus-Computer 80.000 entschlüsselte Funksprüche allein 1943, so kolportiert. Es wurden auch 43.000 genannt. Egal. Die genauen Zahlen blieben im Dunkeln, denn 1945 wurde alles demontiert und vernichtet. Spurlos.

KAPITEL 7
IM GEHEIMDIENST SEINER MAJESTÄT

ENIGMA – Top-Secret?

Gordon Welchman haben wir ja schon kennen gelernt. Ich zitiere ihn mit der Aussage „Wir hatten Glück". In der Regel hat nur der Tüchtige auch Glück. Welchmans Innovation war das sogenannte Diagonalboard. Die Abfolge der Buchstaben im Chiffretext der einfachen ENIGMA ohne Steckerfeld und zusätzliche Rotoren konnte mit diesem Hilfsmittel gut analysiert werden. In den sich immer wieder wiederholenden Buchstabenketten, wurde in bestimmten Positionen der Klartext sichtbar. Dies galt auch für die sogenannten Zygalski-Sheets, der sich schon die Co-

Die sogenannten Zygalski-Sheets.

deknacker um Marjan Rejewski in Polen bedient haben. Die Löcher in den Seiten gaben für die jeweilige Grundeinstellung der ENIGMA den Klartext preis. Es waren eine erhebliche Menge Zygalski-Sheets erforderlich, für jede Grundeinstellung eine. Aber, es wurde schwieriger. Die erste Entzifferung eines Funkspruches in Bletchley-Park gelang erst im Januar 1940. Vergessen wir nicht, die Deutschen hatten die Walzen 4 und 5 eingeführt, dazu das Steckerfeld.

Wie geht jedoch die Geschichte weiter? Wir begleiten den Zerstörer HMS Gleamer in der Nordsee. Die Gleamer war hinter einem deutschen U-Boot her. Belegte das Boot mit Wasserbomben, verfolgte es weiter, wieder Wasserbomben, nach langer Jagd wurde U 33 zum auftauchen gezwungen. Der Kommandant von U 33, von Dresky, ließ die Ventile öffnen nachdem die Batterien ausgepowert waren und ab ging es zu den Fischen. U 33 war ein Boot der Klasse VIIA. Dieses U 33 hatte vorher zwei später „berühmte" Kommandanten. Ottoheinrich Junker und Kurt Freiwald. Beide haben den Krieg überlebt, waren Monsun-Fahrer und Legenden ihrer Zunft. Man müsste doch meinen das diese Besatzung ihr Geschäft im Griff hatte. Anscheinend nicht. Nass, aber lebendig versammelte sich die überlebende Besatzung an Bord des Zerstörers. Und was hatte ein Besatzungsmitglied in seiner Hosentasche? Die Walzen 4 und 5! Diese wurden sofort nach Bletchley Park verbracht. Höchstwillkommen! Glück oder Unvermögen? Wie dem auch sei. Man war wieder im Geschäft. Neue Aufgaben warteten. Frankreich wurde überrannt.

Die Wehrmacht stand am Kanal, die Cliffs of Dover im Fernrohr. Schließlich kam der „Adlertag" die Luftschlacht um England.

Die Luftlage hatte Priorität, ständig Einflüge und Bombardierungen. Auf Grund der ULTRA Meldungen wurden die Jagdverbände der Hurricanes und Spitfires gezielt und in jeweils passender Menge auf die deutschen Bomber angesetzt. Nicht zu vergessen die Meldungen der RADAR-Linie an der Küste. Man ging in Deckung, fluchte und räumte den Schutt weg. Eine der großen Tugenden der Engländer war ihre stoische Leidensfähigkeit. Man arrangierte sich mit der Situation, trank seinen Tee und wartete auf den nächsten Angriff.

Der alte Deutschenhasser Winston Churchill in Begleitung von Stuart Graham Menzies in den Ruinen der Kathedrale von Coventry. Beide haben es vorher gewusst! Auch sie waren Menschen. Was mag in ihren Gewissen vorgegangen sein in Anbetracht der Zerstörung und den vielen Toten.

Hass erzeugt nur neuen Hass. Wir kennen das Ergebnis.

Ein Ereignis jedoch bleibt Freund und Feind im Bewusstsein. Es war der Tag als Winterbotham mit seiner Aktentasche und einer dechiffrierten ULTRA-Meldung zu Churchill ging. Ein deutscher Funker hat das Ziel eines großen Angriffes versehentlich nicht als Codewort, Ziel A, oder ähnlich, gefunkt sondern in Klartext. Coventry. Was tun? Churchill dachte eine Zeit nach, dann sagte er „Geben sie eine Warnung für England heraus". Sehr geehrter Leser, sie verstehen die Bedeutung der Worte? Für England, nicht für Coventry!

Keine Jägerabteilung wurde speziell auf den Angriff angesetzt. Coventry wurde dem Geheimnis ULTRA geopfert. Später wurden die Fotos veröffentlicht. Man sah Churchill und Menzies mit ernsten Gesichtern durch die Trümmer gehen. Nun stellt sich nicht nur mir die Frage nach der Moral. Abgesehen davon, dass diese sowieso im Krieg koppheister geht. Wer hat die größere Schuld, der der die Bomben schmeißt oder der der es bewusst nicht verhindert. In den Jahren später wurde Coventry mehr als ausreichend gerächt. Grüße nach Dresden.

Die Sache mit Coventry hat uns Frederick William Winterbotham in seinem Buch „Aktion ULTRA" überliefert. Dieses Buch beendete jede Menge Spekulationen. Da wussten alle Geschichtsfreaks was Sache war.

Wir sind ja jetzt gerade im Außendienst im Geheimdienst seiner Majestät unterwegs. Da fliegt auch so manches Gerücht durch die Gegend. So zum Beispiel, dass eine ENIGMA in Frankreich in einem abgeschossenen Befehlspanzer gefunden wurde. Ein weiteres Gerät aus einer abgeschossenen HE 111 in Norwegen nach England gelangt ist, und so weiter. Ich kann das nicht bestätigen, möglicherweise, oder?

Ein anderer Umstand erfordert nun unsere Aufmerksamkeit. Ich habe die Schwäche der englischen Schlachtschiffskonstruktionen schon angesprochen. Nach dem 1. Weltkrieg hat die Royal Navy ihre erbärmlichsten Missgriffe und Fehlkonstruktionen außer Dienst gestellt. Waren ja auch die finanziellen Mittel äußerst beschränkt. Behalten haben sie die 5 Schiffe der Queen Elisabeth I. Klasse, die ihre Standfestigkeit in der Skagerrakschlacht halbwegs bewiesen haben, dazu die 5 R`s, von denen die Royal Oak schon bald nach Kriegsbeginn von U 47 versenkt wurde.

Repulse und Renown, die die Spitznamen Seiner Majestät Schiff „Umbau" und „Nachrüstung" von den Sailors bekommen haben. Des Weiteren der „Stolz" der RN, die „Hood". Zwar schnell aber kaum gepanzert. Also wurde verhandelt. Ergebnis das Washingtoner Flottenabkommen bei dem jede der großen Nationen ein Kontingent an Schlachtschiffen zugestanden wurde. Die RN erhielt 1926 zwei Neubauten, HMS Nelson und Rodney, jeweils mit 9 x 40,6 cm Artillerie. Im Washingtoner Abkommen wurde jedoch dann ein Höchstkaliber von 30.5 cm vereinbart. Um sein Gesicht nicht zu verlieren wurde die King George V. Klasse, 5 Schiffe, in den Dreißigern mit 10 x 30,5 auf Stapel gelegt. Deutschland wurde erst mal nicht beachtet. Dann kam jedoch die Zeit der Wiederaufrüstung und damit auch die Kinder der alten SMS Baden-Klasse, Bismarck und Tirpitz. Natürlich wussten die Briten, was da auf sie zukam. Außer den beiden halbneuen Schlachtschiffen hatten sie nichts auch nur annähernd Gleichwertiges. Und die beiden 1926 gebauten Einheiten waren nicht das Beste ihrer Zeit. Wohl aber die deutschen Monster.

Manchmal erscheint mir die Geschichtsschreibung wie eine alte Kuh. Den gleichen Mist unendlich wiederkäuend.

Am 22.Februar 1941 griff ein englischer Marineverband die Lofoten an. Ich muss ja nicht dazu sagen, dass das eine Inselgruppe westlich Norwegen ist. Damals war Norwegen besetzt von den Deutschen. Übrigens waren die Deutschen eine Woche schneller als die Engländer, die ebenfalls Norwegen kassieren wollten. Die entsprechenden Truppen waren jedenfalls schon eingeschifft. Der englische Angriff, offiziell, zur Störung der Fischerei. Ein wenig Rabbatz, brennende Öltanks, das war`s. So die Geschichtsschreibung. Schöner Nebeneffekt, eine erbeutete ENIGMA samt Kurzsignalheft (wasserlöslich!) und Codebücher mit Walzeneinstellungen der nächsten Monate.

Das schreiben wir jetzt um! In Kiel, ein Ungeheuer, die Bismarck, nagelneu, 8 x 38 cm Kanonen, schwergepanzert, neueste Konstruktion auf Basis der alten SMS Baden und SMS Bayern. Dieses Monster im Atlantik, nicht auszudenken! Das Ding ist auslaufbereit! Voll ausgerüstet! Was tun?

Vorpostenboot Krebs.

Wir beschaffen uns eine ENIGMA, möglichst mit allen Unterlagen. Wo kriegen wir so was her. Wie wäre es denn mit dem Vorpostenboot Krebs das an den Lofoten rumhängt. Fischereischutzboot, Besatzung aus Reservisten, schlecht ausgebildet, permanent Langeweile in Seemannssprache „gammel". Es war bekannt, dass Admiral Lüthjens ein Freund langer, ausgiebiger Funkgespräche war. Was liegt also näher. Ändern wir nunmehr die Geschichtsschreibung.

Der Lofotenraid fand nur statt, um eine ENIGMA zu erbeuten. Ich habe nie rausgekriegt, was aus der Besatzung des Vorpostenbootes wurde, fragen wir lieber nicht danach. Was passierte weiter? Die Bismarck lief aus, fuhr durch die Grönlandstrasse,

Der Zerstörer „HMS Tartar" entert das Wetterschiff „Lauenburg"
Bild war Jahrzehnte geheim.

versenkte ruckzuck die Hood, wobei die tödliche Salve von dem Schweren Kreuzer Prinz Eugen kam, und die hatte nur 20,3 cm Geschütze. Für die Pappedeckelpanzerung der Hood hat das gereicht. Den Engländern flog die Munitionskammer um die Ohren. Die sie begleitende neue HMS Prince of Wales hat sich nach etlichen Treffern abgesetzt. Ihr künftiger Spitzname bei den Sailors „Judas". Endergebnis bekannt. Viele Hasen sind des Hundes Tod. Ein Zufallstreffer in die Ruderanlage verursacht durch einen Torpedotreffer der alten Swordfish-Torpedobomber (Spitzname Drahtsack) besiegelte ihr Schicksal.

Dank der erbeuteten Codes war die Royal Navy zu jeder Zeit über alles informiert, was die Bismarck anging. Nebenbei wurden im März desselben Jahres die deutschen U-Boot-Asse Günter Prien, Otto Kretschmer und Joachim Schepke bei einem Geleitzugangriff versenkt. Und noch ganz nebenbei zwei

Wetterboote, die München und die Lauenburg. Es ist äußerst wahrscheinlich, dass auch auf dem Wetterschiff eine ENIGMA nebst Geheimmaterial erbeutet wurde. Natürlich, auch das Wetter ist kriegswichtig! Die Zusammenarbeit von Navy und den Kryptologen in Hintergrund war in diesem Falle sehr erfolgreich. Aber noch war der Krieg nicht zu Ende. Aber eine Schlacht war gewonnen. Auf den Lorbeeren ausruhen war aber nicht, in Afrika Rommel`te es.

KAPITEL 8
SCHACH DER LORENZ

Da waren die Zähne lang, sehr lang. Bis beim vertrackten Griechenlandunternehmen ein Chiffreur in Berlin einen winzigen Fehler machte.

In den Jahren 1940 und 1941 wurden in Bletchley Park Funksprüche aufgefangen, die nicht zu entschlüsseln waren. Aber, offensichtlich von höchsten deutschen Stellen kommen. Intern nannte man den Code „Tunny", also Thunfisch. Auch im normalen Funkverkehr gab es Einschränkungen. Es wurde beileibe nicht alles dechiffriert. Absolut unklar ist wie die Spezialisten in Kenntnis einer kryptonlogischen Verbesserung der ENIGMA gekommen sind. Der Umkehrwalze C. Beute im Felde, Verrat, Resistance? Sie erhielt schon bald einen Spitznamen „Uncle Walter". Aber auch hier wurde bald herausgefunden wie dem Onkel Walter beizukommen war. Anders verhielt es sich in Sachen „Tunny"-Code. In Baracke 6, im englischen genannt Hut 6. Unter der Leitung von Gordon Welchman knobelten die Schachprofis an dem vertrackten Code. Er war natürlich von höchstem Interesse. Direkt aus dem Führerhauptquartier, OKW, OKH, BdU und so weiter.

Da waren die Zähne lang, sehr lang. Bis beim vertrackten Griechenlandunternehmen ein Chiffreur in Berlin einen winzigen Fehler machte. Ein Funkspruch kam in Athen nur verstümmelt an.

Anfang der sechziger Jahre versah mein 2010 verstorbener Bruder seinen Militärdienst bei einer Fernmeldeeinheit der Bundesmarine in Norddeutschland. Auch er arbeitete noch mit dem Lorenz-Schlüsselzusatz.

Ohne Umkehrwalze ähnlich der amerikanischen Schlüssemaschinen.

Der Dechiffreur bat darum diesen einen Funkspruch nochmals zu senden. Das tat der Herr in Berlin auch.

Beim zweiten Funkspruch passierte dieser kleine elende Fehler...

Er kürzte das Wort Strasse ab in Str. Das hat den Superhirnen in Baracke 6 genügt um die Funktionsweise des Lorenz Schlüsselzusatzes 42, kurz SLZ 42 nachzuvollziehen.

Die Tunny-Maschine.

Die ENIGMA G.

Um das Dechiffrieren zu beschleunigen baute man eine Maschine. Man nannte sie nach einer tollpatschigen Comicfigur „Heath Robinson“ oder nur „Robinson“ oder schlicht „Tunny-Maschine“. Die Folge war, dass die Funksprüche aus dem Führerhauptquartier schneller mitgelesen werden konnten als es die Empfänger selbst konnten.

Man saß also direkt auf Hitlers Schreibtisch. So zum Beispiel der berühmte Durchhaltebefehl bei der Schlacht um El Alamein. Quasi als kleine Zugabe wurde zur gleichen Zeit auch die Geheimdienstenigma „G“ geknackt. Man konnte jetzt also da auch mitlesen. Zur Erinnerung Die ENIGMA „G“ hatte 4 Rotoren und eine drehbare Umlenkwalze. Die Folge dieser Sache war, das deutsche Agenten, die nach England geschickt wurden, sofort aufgegabelt und im Rahmen der Operation DOUBLECROSS „umgedreht“ wurden. Somit lancierte Fehlinformationen nach Berlin lieferten. Und wieder hat es keiner gemerkt.

Bei der anderen Feldpostnummer war man natürlich auch nicht untätig. Die deutsche Seite war anders organisiert. Dezentral. So besaß jede größere Armeeeinheit eine eigene Dechiffrierabteilung. Das war nicht zentral organisiert wie in England. Für diverse Handschlüsselverfahren mag das ja gereicht haben. Aber die englische Typex und die Amerikanische SIGABA waren den ganzen Krieg über ein Buch mit sieben Siegeln oder mehr.

Gehen wir noch mal zu Rommel nach Afrika. Da gab es eine sehr talentierte Horchkompanie unter Hauptmann Seebohm. Dieser Einheit gelang es, das kleine amerikanische Tischschlüsselgerät M 209 zu entschlüsseln. Konzipiert von Boris Hagelin war dieses handliche Gerät von der Größe einer heutigen Schreibmaschine bei allen US-Einheiten im Einsatz. So auch 1941 beim US-Beobachter im englischen Hauptquartier in Kairo. Regelmäßig wurden diverse Lagemeldungen und Berichte nach Washington gefunkt. Die landeten dann auch ebenso regelmäßig auf Rommel`s Schreibtisch.

Wir sprachen ja schon mal über das Thema Glück des Tüchtigen. Und so kam es mal wieder zu einer englischen Offensive im Bewegungskrieg in Nordafrika. Wieder einmal wurden in aller Eile Alarmeinheiten ausgehoben, Köche, Fahrer, Zahlmeister, Versorgungsfuzzis, Reparatureinheiten und so weiter. Dabei auch die hochqualifizierten Funkspezialisten um Hauptmann Seebohm. Klar, dass die gerade mal wussten, wo bei einem Gewehr vorne und hinten war. Aber mehr nicht und oft war die Sache ja auch gut ausgegangen. Rommel hatte oft Glück in Nordafrika. Nach seiner Landung, als die Briten die Italiener aus der Cyrenaika rausgeprügelt hatten, konnte er die zusammengebrochene Front stabilisieren. Mehr noch, er konnte die Briten bis zu einem kleinen Bahnhof vor Kairo zurückwerfen. Die Horchkompanie Seebohm hatte dieses Mal kein Glück. Rommel tobte, er hatte sein Ohr in Kairo verloren. Unersetzliche Spezialisten. So überliefert, wurde der verantwortliche Major zum gemeinen Soldaten degradiert. Dieser suchte am nächsten Tag den Tod an der Front. Gefunden hat er ihn auch.

Im Übrigen wurde natürlich auch die italienische Funkerei angegriffen. Die italienische ENIGMA war ohne Steckerfeld, also ein leichtes für die abgefeimten Spezialisten. Rommel brauchte ja Nachschub an Munition, Panzern, Treibstoff und Fressalien, Ersatzteilen und mehr. Da gingen dann seine Funksprüche nach Rom zu Feldmarschall Kesselring. „Ich bedanke mich für die angeschwemmten 3 Fässer Treibstoff an der Küste" und so weiter. Später, nachdem die Italiener sich doch in der Seite geirrt haben und lieber zu den Siegern gehören wollten, hat ein Hafenkommandant einen hohen englischen Orden bekommen. Der wahre Grund des Dilemmas sollte erst viel später an die Öffentlichkeit gelangen.

Wenn der geneigte Leser nun denkt, man könnte sich auf Adolf's Schreibtisch bequem machen, so irrt er sich gewaltig. Grund dafür war der verfluchte „Shark" Code. Dem kam man nicht bei, und die deutschen U-Boote versenkten ein Schiff nach dem anderen. England drohte zu ersticken. Obwohl Amerika in den Krieg eingetreten war. Anfang `42 hatten die ihre eigenen Sorgen. Die Versorgung Englands hing am seidenen Faden. Sollten die Briten wieder Glück haben?

Ein Konvoi auf dem Weg von Kanada nach England. In den Jahren des Krieges war England auf Leben und Tod auf Versorgungsgüter aller Art angewiesen. Die Liste der benötigten Güter würde das Kapitel sprengen. Sie brauchten alles, um zu überleben, weiterzukämpfen gegen das verhasste Nazideutschland. Die USA gaben bereitwillig, ebenso Kanada. Denn fiele England, so wäre der Weg nach Amerika frei. Aus diesem Grund war der ozeanische Zufuhrkrieg, die Schlacht im Atlantik, kriegsentscheidend.

KAPITEL 9
....UND DER HAIFISCH, DER HAT ZÄHNE UND ER TRÄGT SIE IM KARTON...

Doch die Wölfe wurden mehr und mehr.

Zu beachten wäre bei den späteren deutschen U-Boottypen die vermehrte Bordflak. Die Gefahr drohte in den späteren Kriegsjahren vor allem aus der Luft!

1942. Panik in England. Die deutschen U-Boote versenken Schiff um Schiff. Jedes beladen mit Versorgungsgütern für das schwer ringende Königreich. Bletchley Park ist auf den Atlantik taub geworden. Die Funksprüche sind nicht mehr entzifferbar. Dieser verfluchte U-Boot-Code! „Shark" genannt, der Hai. Die

Geleitzüge konnten nicht mehr um die Wolfsrudel herum dirigiert werden. Wenn die Wölfe an der Herde waren, gab es kaum noch ein entrinnen mehr. Natürlich lernten auch die Geleitzerstörerbesatzungen dazu. Die Technik verbesserte sich spürbar. Das Gap, das Luftloch im Atlantik wurde durch Flugzeugträger geschlossen. Doch die Wölfe wurden mehr und mehr. Eines nach dem anderen liefen die U-Boote vom Stapel, in Kiel, in Wilhelmshaven, bei Schichau in Elbing. Fließbandarbeit in Sektionsbauweise und in deutscher Qualität. Durch die Agru-Front in der Ostsee, so bezeichnete man das Training in der Ausbildungsgruppe, hinein in den Atlantik. Im Volksempfänger das trara so und so viel Bruttoregistertonnen versenkt. Dabei wusste die große Mehrheit der Bevölkerung überhaupt nicht was eine Bruttoregistertonne denn war. Scheißegal Trara, versenkt, Trara, Trara, die Ritter der Tiefe!

Churchill, der alte Deutschenfresser erzählte in seinen Memoiren, das einzige was ihm schlaflose Nächte bereitet hätte, wären die deutschen U-Boote gewesen. Nun, wenn das Glück eine Hure ist, dann haben wohl die Engländer die volleren Taschen gehabt. Oder die Deutschen waren zu knickrig....

Ich vermag es nicht anders zu sagen. Die Hure Glück saß den Engländern erneut auf dem Schoß.

Der Zerstörer, die HMS Petard.

Diese unglaubliche Geschichte begann damit, dass ein englischer Zerstörer, die HMS Petard im Mittelmeer ungefähr auf Höhe von Alexandria ein U-Boot suchte. Die Petard war im Übrigen das einzige alliierte Schiff, das Schiffe aller drei Achsenmächte versenkt hat. Also weiter im Text. Die HMS Petard stöbert U 559 auf und belegt das Schiff mit einer Serie von Wasserbomben. Das U-Boot muss auftauchen. Kommandant Heidtmann lässt die Flutventile öffnen und befiehlt der Besatzung das Schiff zu verlassen. Diese wird von der Petard aufgenommen, unter Deck geführt und versorgt. Was dann kommt, wird erst in den Neunzigern des letzten Jahrhunderts bekannt. U 559 sinkt nur langsam.

Ein Offizier, ein Vollmatrose und ein 16-jähriger Hilfskoch schnappen sich ein Ruderboot, hin zu dem sinkenden U 559, Offizier und Matrose entern den Turm und tauchen in die sinkende Röhre hinein. Mit allerhand Material kamen die beiden wieder hoch, übergaben dies dem Jungen und stiegen wieder ein in den Kommandoturm. Nun übernahm die Physik die Regie und die Fluten führten U 559 endgültig zu ihrem letzten Ankerplatz, zu den Fischen auf dem Meeresgrund. Mit dabei waren die beiden Engländer, die ihren Mut mit dem Leben bezahlten. Tommy Brown, der 16jährige Hilfskoch ruderte zurück zur HMS Petard. Von der U-Boot-Besatzung bemerkte dies niemand.

Was war im Ruderboot, was haben die beiden Toten rausgetaucht? Eine ENIGMA „M 4" nebst den Walzen 1 - 8. Einige Wochen später war „Shark" gebrochen. Bletchley Park war wieder „im Geschäft".

Das Ergebnis, der „schwarze März 1943" mit über 40 versenkten deutschen U-Booten und im darauffolgenden April ebenso viele. Die Schlacht im Atlantik war verloren! Die deutschen U-Boote zogen sich aus dem Atlantik zurück. Der Anfang vom Ende des 3. Reiches.

Ab jetzt hieß es an allen Fronten. Vorwärts Kameraden wir müssen zurück.

Und die drei Protagonisten dieses Glückstreffers? Die ganze Aktion war ja supergeheim, vor allem das Mitbringsel. Später hieß es, die Amerikaner hätten die M 4 aus U 505 im Juli 44 geborgen. Fritz Julius Lemp und sein U 110 hatte man ebenfalls in Verdacht, der könnte ja.... Aber Lemp hatte vorgesorgt, obwohl er dabei ertrunken ist. Nein, es war U 559 im Herbst 1942.

Die drei Helden wurden für ein Viktoria-Kreuz vorgeschlagen. Dies wurde abgelehnt, denn sie waren ja nicht in Kampfhandlungen verwickelt. Schließlich erhielten sie ein Georgs-Kreuz, das auch an zivile Personen verliehen wurde.

Tommy Brown verstarb 1945 bei einem Wohnungsbrand. Er wollte seine 4-jährige Schwester retten. Möglicherweise ist der Kommandant von U 559, Hans Heidtmann, mit den 1. Wachoffizier gleichen Namens von U 33 identisch. Wir erinnern uns, die

Sache mit den beiden Tauschwalzen 1940. Wäre ein doller Zufall der Geschichte.

Da haben wir also den Grund der deutschen Niederlage in der Atlantikschlacht. Aber, daran allein hat es nicht gelegen. Gehen wir wieder zurück in der Zeit. Der Kriegsbeginn 1939 kam für die Kriegsmarine viel zu früh. Gerade mal um die 50 U-Boote waren in Dienst. Davon nur etwa die Hälfte Atlantiktauglich. Das waren die Typen VII und IX. Den Typ VII kennen wir aus “Das Boot”. Ein paar Minenleger Typ X kamen dazu. Der Rest, mehr als die Hälfte, waren vom Typ II, Spitzname “Einbaum”. Ein Küsten-U-Boot. Des Weiteren die sogenannte Torpedokrise. Der Magnetzünder der deutschen Torpedos, der unter dem Schiffskiel zünden sollte, war unzuverlässig. Es wurde erst besser als die alten Aufschlagzünder wieder eingeführt wurden. Was gab es an schweren Einheiten im Reich. BISMARCK und TIRPITZ in der Endausrüstung. Die Schlachtkreuzer SCHARNHORST und GNEISENAU mit 9 x 28 cm Kanonen, zwar schnell, hatten aber zu wenig Kaliber. Die “Pocketbattleships” der zwanziger Jahre unter dem Versailler Diktat gebaut. Rumpf geschweißt, mit Dieselmotoren. Hervorragend konstruiert. Nach dem Norwegenunternehmen sah das dann so aus. ADMIRAL GRAF SPEE vor Montevideo selbstversenkt. Dem Schwesterschiff LÜTZOW ex DEUTSCHLAND von einem englischen U-Boot der Arsch abgeschossen. Der neue Schwere Kreuzer BLÜCHER in der Dröbak-Enge versenkt, 10 Zerstörer bei Narvik verloren. Die ersten beiden Zerstörerverluste 1939, von der eigenen Luftwaffe versenkt. Das kann man jetzt weiterführen. Ergebnis: Der Krieg im Atlantik, der ozeanische Zufuhrkrieg, verblieb auf dem Rücken der wenigen U-Boote die 1940 in Dienst waren. Besserung kam erst durch die französischen Stützpunkte. Nächster Punkt. Die U-Boot Typen VII, IX und ihre Modellverbesserungen. Das waren ja keine richtigen U-Boote wie im heutigen Sinne. Das waren

Tauchboote mit beschränkter Batteriekapazität. Die Neuentwicklungen Typ XXI und XXIII kamen zu spät. Ebenso das „Walther-Boot“ mit Wasserstoffantrieb, kam über die Erprobung nicht hinaus.

Aber auch der alliierte Konvoigeleitschutz lernte dazu. RADAR wurde immer genauer, die Hochfrequenzfunkpeiler. Dazu das ASDIC, die Unterwasser-Horchortung. die Geleitflugzeugträger im Mittelatlantik. Neue Korvetten und Geleitzerstörer vom Fließband. Die grauen Wölfe wurden zur „bedrohten Tierart“. Ihre Besatzungen immer schneller "verheizt”. Die durchschnittliche Überlebenszeit eines neuen Frontbootes betrug kurz vor Kriegsende gerade mal 3 Wochen. 30.000 Namen stehen auf dem Ehrenmal in Kiel. Mögen sie im Orcus ihren Frieden finden zusammen mit den Sailors der Frachter, die ihnen zum Opfer fielen.

Nach Kriegsende wurde Ottoheinrich Juncker, U-Boot-Kommandant der ersten Stunde, Monsun-Fahrer, nach seiner Rückkehr 1945 vom Stützpunkt Penang von einem englischen Verhöroffizier „interviewt“. “Captain Juncker, wie konnten sie mit ihrem Boot durch unsere Sperren schlüpfen? Seine Antwort, lapidar, „...ich habe nicht gefunkt.“

Die unendlichen Berge von Nachschub aus der „Fabrik“ Amerika, die über den Atlantik kamen, führten zum überleben Englands und mündeten schließlich zum D-Day. Die Invasion in der Normandie.

Die Funkentschlüsselung war es nicht allein, aber eine wichtige Säule der Alliierten Kriegführung.

KAPITEL 10
FRAUEN IM KRIEG

Der Krieg der Frauen...

So viele Jahre habe ich mich mit dem Studium von diversen Kriegsereignissen, Technik und deren Einsatz, Geheimoperationen und weiß der Teufel mehr beschäftigt. Mal eine Frage, haben wir uns schon mal mit dem Krieg der Frauen beschäftigt? Selten, oder? Die Geschichten von Flucht und Vertreibung. Ich bin ja schlesischer und sudetendeutscher Abstammung, da war das Thema Flucht früher allgegenwärtig. Die Vergewaltigungsorgien im Osten durch die Rote Armee, noch übler haben sich die Japaner in China und Korea benommen.

Nehmen wir mal das Stichwort Korea. Wer hat in diesem Land in den letzten 150 Jahren alles herumgehaust. Die Chinesen, die Japaner, dann die Russen, dann wieder die Japaner dann die Amerikaner und in den Fünfzigern des 20. Jahrhunderts die ganze Welt im Koreakrieg. Kann sich der Leser vorstellen wer sich da alles auf den koreanischen Frauen ausgetobt hat? Auch die Prostitution aus Not spielt da eine Rolle.

Das können wir jetzt beliebig fortsetzen. Das füllt ganze Büchereien. Gut, weiter gehts, denken wir an die beiden Weltkriege. Speziell in Deutschland. Die Männer an der Front in Uniform. Und in den Fabriken? Die Frauen. Wer hat die Felder bewirtschaftet, die Kranken und Verstümmelten gepflegt und nach der Niederlage die Trümmer weggeräumt? Da gab es keine Ritterkreuze und keine Meldungen im Wehrmachtsbericht. Da fällt mir wieder eine Passage aus „Das Boot“ ein ...die Karbolmäuschen... die Nachrichtenzicken.... Was wäre die Wehrmacht ohne ihre weiblichen Helfer gewesen. Jeder Tag könnte der letzte sein, damals.

Reißen wir uns nun los von all den düsteren Gedanken. Die stillen Kriege werden auch nach dem Waffengang geführt mit Penis und Vagina. Zu brutal? Zu weit hergeholt? Der kalte Krieg nach dem heißen Krieg gehört dazu. Bis heute. Die Venusfalle, der Romeo, gerne gebraucht vom Ministerium für Staatssicherheit, auch vom KGB. Diese Art von Staatsprostitution wird bis heute praktiziert. Der gepflegte Koitus für´s Vaterland wurde in speziellen Schulen gelehrt. Die Geschichten füllen die nächste Bibliothek. Wir hatten ja schon das Vergnügen in „der polnischen Geschichte“ von Kapitel 4.

Keith Batey und seine Frau Mavis Lever-Batey.

Wobei wir wieder beim Thema wären. Der Krieg der Funkentschlüsselung, der geheime Krieg in Bletchley Park. Von den ca. 10.000 Personen, die dort im Einsatz waren, waren ca. 8000 Frauen. Wenn sie jetzt sagen, naja, Funksprüche aufschreiben, Kaffee kochen, Dreck wegräumen, dann sind sie aber sowas auf dem Holzweg.

Einige dieser Frauen waren entscheidend beteiligt an einem der schwierigsten Kapitel der Entschlüsselung. Der ENIGMA „G“, die Geheimdienstenigma. Dies waren Mavis Lever, die ihren späteren Mann Keith Batey in Bletchley Park kennengelernt hat und eine herbe Schönheit namens Margaret Rock, der eine nähere Beziehung zu Alan Turing nachgesagt wurde. Da wir die geheimen Neigungen des Genies Turing kennen so könnte es sein, das dies vielleicht zum gegenseitigen Vorteil war. Die Frauen waren der Gruppe um Dillwyn Knox beigeordnet. Spöttisch genannt „Dilly`s Fohlen“. Diesen beiden

Margaret Rock.

gelang der Einbruch in die Geheimdienstenigma, vermutlich im Spätsommer 1941.

Ebenso befassten sie sich mit der italienischen ENIGMA „K". Ohne Steckerfeld und Umlenkwalze aber mit geänderter Verdrahtung der Walzen. Hier gelang ihnen ebenfalls ein besonderes Kunststück. Der Einbruch in das italienische Schlüsselsystem.

Das lief so:

Ein italienischer Funkspruch kam auf den Schreibtisch der beiden Damen. Ein Füllfunkspruch, also völlig sinnlos nur um die Lauscher gegenüber zu ärgern. Der Chiffreur dieses Füllfunkspruches war wohl von jenem Leichtsinn getragen, den man den Italienern gerne nachsagt und chiffrierte statt Blabla u.s.w. nur LLLLLLL – und wir wissen ja, dass ein Buchstabe sich nie in sich selbst verschlüsselt! In dem bewußten Funkspruch war kein „L".

Das bekanmen die beiden Damen heraus und konnten die Verdrahtung des Enigmamodells nachvollziehen. Somit haben sie auch dieses Modell geknackt.

Folge Rommel`s Nachschubproblem und weitere Folge der englische Seesieg bei Kap Matapan. Zum Stichwort. Hitler war kein besonderer Seekriegsstratege, wenn er überhaupt ein Stratege war. Auf jeden Fall war er recht begeistert über den Pakt mit Italien und Mussolini. Hatte Italien doch eine bedeutende Flottenstärke im „Mare Nostrum", „Unserem Meer", dem Mittelmeer. Weit mehr als das Reich zu bieten hatte, und hervorragend konstruiert, wie ich dazu bemerke.

Ich gehe soweit zu sagen, dass die Italiener damals die führende Nation der Kriegsschifftechnik waren. Die VITORIO VENETO und die ROMA waren der englischen Mittelmeerflotte haushoch überlegen. Die VALIANT, die WARSPITE, die QUEEN ELIZABETH I. das waren Veteranen aus dem 1. Weltkrieg. Ein paar Kreuzer und Zerstörer, den Flugzeugträger FORMIDABLE, auch nicht mehr das neueste Modell. Das waren die Gegner der Regia Navale. Unter dem Kommando von Andrew Brown Cunningham war die englische Mittelmeerflotte auch numerisch unterlegen.

Nur fehlte es den Italienern deutlich an Offensivgeist. Die Flotte blieb in den Häfen. Bestenfalls wurden Geleitzüge begleitet nach Nordafrika. Dann kam das verhängnisvolle Griechenlandunternehmen. Die Italiener griffen Griechenland an und wurden heftig abgewiesen. Ich wollte den Begriff „Arschtritt" nicht verwenden. Auf jeden Fall bat man um deutsche Hilfe.

Die deutsche Besetzung Griechenlands ist ja heute noch ein Thema. So wurde ein Luftlandeunternehmen gegen Kreta geführt und der „Flugzeugträger" Malta blieb verschont. Ein Riesenfehler wie wir heute wissen. In Berlin war man nicht begeistert über die Untätigkeit der starken italienischen Flotte und nach Zögern begann man noch zögerlicher mit einer größeren Operation in die Ägäis. Da jedoch unsere beiden Ladies in Bletchley Park die italienische ENIGMA enträtselt haben, war die englische Mitelmeerflotte jederzeit über alle italienischen Maßnahmen und Kurse informiert.

Dies mündete in die Schlacht von Kap Matapan, nachzulesen in jedem Geschichtsbuch. Die Italiener verloren drei ihrer neuen Kreuzer und jeglichen Mut, sich noch einmal herauszuwagen. Das geht auf das Konto der beiden Damen und ist ein gutes Beispiel über das erfolgreiche Zusammenwirken von Geheimdienst und Flotte.

Da kann man natürlich noch etwas Klatsch hinterherschieben. Die Schauspielerin Dorothy Hyson war zu der Zeit verheiratet mit ihrem Schauspielerkollegen Robert Douglas. Das hinderte sie natürlich nicht daran regelmäßig von einem anderen Schauspielerkollegen in Bletchley Park besucht zu werden. Das war

Anthony Quayle, später Sir Anthony, den kennen wir heute noch.

Dorothy Hyson – ein Star vor der Kamera, in Bletchley Park eine von vielen.

Später folgte Scheidung und Hochzeit. Bei Bühnenschaffenden geht das ja oft recht schnell. Auf jeden Fall hat Anthony Quayle überliefert das seine spätere Frau ziemlich fertig war von dem harten Schichtdienst. Also die Frauen in Bletchley Park hatten es nicht leicht in ihrem Dienst. Aber da waren sie nicht allein in dem Desaster Weltkrieg.

Gib mir einen Stein (Rock) und einen Hebel (Lever) und ich hebe die Welt aus den Angeln.

Dillwyn Knox
In Anlehnung an Archimedes

KAPITEL 11
FINALE IN EUROPA

Guderian wartet auf entschlüsselten Funkspruch.

„Man beachte das abgedeckte Steckerfeld".

Die Schlacht im Atlantik verloren, die Armeen auf dem Rückzug, die deutschen Städte verwüstet. Was soll man da noch erwarten an kriegsentscheidenden Innovationen.

„Hitlermühle".

ENIGMA-Uhr.

Es wurde ein ENIGMA-Modell konzipiert, das ohne Strom funktionierte, betrieben mit einer Kurbel. Das Gerät bekam sofort einen passenden Spitznamen, „Hitlermühle". Auf dem Rückzug hatte man halt nicht immer eine funktionierende Stromversorgung. Die Luftwaffe erhielt noch ein verbessertes Modell, die ENIGMA-Uhr. Mit ihr konnte die Geschwindigkeit der Rotoren variabel eingestellt werden. Ärgerlich für die Briten. Der Endsieg konnte damit nicht erzwungen werden. Ansonsten ein nettes Spielzeug.

Aber sehen wir doch mal, was sich ab 1942 in Bletchley Park getan hat. Der neue Chef, Sir Edward Travis, sein Stellvertreter, der altgediente John Tiltman, Experte für Handschlüsselverfahren und Veteran aus Room 40.

Ehrfurchtsvoll nannte man ihn „The Brig". Er hatte es in seiner Laufbahn bis zum Brigadegeneral gebracht. Max Newman und Donald Mitchie in der technischen Abteilung. Dazu Alan Turing, das Übergenie. Ihre Innovation war ein speicherprogrammierbarer Röhrencomputer, der COLOSSUS. Mit hohem Stromverbrauch verbunden, konnte der Code des Tages bedeutend schneller ermittelt werden. Die „Bomben" waren veraltet. Angeblich sollen 13 COLOSSUS-Computer im Einsatz gewesen sein. Der Bau der Computer fand unter höchster Geheimhaltung statt.

Die Röhren wurden einzeln und von verschiedenen Lieferanten geordert. Nach Kriegsende wurden alle COLOSSUS-Modelle vollständig demontiert und spurlos beseitigt.

Auch was die Beschaffung des „Crib", des möglichen Wortes angeht, ließ man sich was einfallen. Man warf öffentlichkeitswirksam Minen ab.

Dann wartete man auf den Funkspruch. Man vermied bei der Aktion, die Minen auf Positionen zu schmeißen, die Zahlen enthalten, die man auf verschiedene Art schreiben konnte. So Zwei oder Zwo, oder Fünf oder Funf. Aber Eins oder Neun oder Acht, das ging nicht anders. So war es nicht verwunderlich, das am D-Day der Tagescode schon um 0 Uhr 30 ermittelt war.

Über Alan Turings Reise nach Amerika 1942/43 habe ich in meinem Buch „Das geheime deutsche Erbe" spekuliert. Dem sei nichts mehr hinzuzufügen. Außer, dass Marjan Rejewski´s Buch auch jetzt immer noch geheim und unveröffentlicht ist. In Anbetracht der heftigen polnischen Spionage im Reich wäre es nicht verwunderlich, wenn Rejewski in den Besitz von Informationen gekommen wäre, deren Veröffentlichung auch heute noch missliebig wäre. Zum Beispiel Alientechnik im Besitz des 3. Reiches und Experimente mit Elektromagnetismus. Alternative Antriebe oder Experimente mit Uran. Auch das ist alles in Bletchley Park dechiffriert worden und nicht nur mutmaßlich an amerikanische Stellen weitergegeben worden. Die Polen könnten das schon vorher spitz gekriegt haben. Rejewski können wir nicht mehr fragen, er starb 1980.

Nach dem Krieg wurden die erbeuteten ENIGMA so eine Art Exportschlager in die 3. Welt. Israel sollte Ende der 40`er Jahre einige ENIGMA geschenkt bekommen. Ein Kryptologe, der in Bletchley Park tätig war, sagte nur „Troja hat von den Griechen auch ein Geschenk bekommen“. Man lehnte dankend ab. Ansonsten wurde das Geheimnis ULTRA bewahrt. Bis, ja, bis ein Buch veröffentlicht wurde. Aktion ULTRA. Und wer hat es veröffentlicht. Frederick William Winterbotham.

Einer der Cambridge-Five,
John Cairncross.

So kolportiert war er mit seinem Rang als Oberst und einem Orden, den auch ein Schauspieler bekommen könnte, unzufrieden. Dabei wurde auch Winterbotham ein literarisches Denkmal gesetzt. Er war das Vorbild für John LeCarre`s George Smiley. Wir erinnern uns, Dame, König, As, Spion.

Das wiederum bringt uns zu einer klassischen Spionageaffäre der 60`er Jahre. Die sogenannten „Cambridge Five“. Einer dieser russischen Spione war John Cairncross. Und der war in Bletchley Park tätig. Was hat er gewusst, was hat er verraten?

Rolf Noskwithals junger Mann.

Rolf Noskwith vor seinem Tod.

Nächste Frage, im kalten Krieg, wie sicher war der Schlüsselzusatz 42 der bei der Bundesmarine im Einsatz war. Und wie sicher war die russische „Fialka“, die Rotorschlüsselmaschine der Russen.

Als letzter der Veteranen von Bletchley Park verstarb 98jährig Rolf Noskwith. Er und einige Kollegen entzifferten die doppelt überschlüsselten Funksprüche. Wir erinnern uns gerne an den Film „Das Boot“. Die Szene wo der unvergleichliche Martin Semmelrogge mit seiner Kreissägestimme zu Jürgen Prochnow, dem „Alten“ ein Blatt hinhielt, „Kommandantenfunkspruch“.

Albert Leslie Yoxall.

Sicherlich waren Deutschkenntnisse beim Knacken der doppelt überschlüsselten Funksprüche von Vorteil. Der „Overhead" dabei war ein Mathematiker und Kryptologe namens Albert Leslie Yoxall. Seine Kollegen prägten den Begriff „Yoxallismus". Er und seine Mitstreiter drangen in mathematische Welten vor, die für normalen Gehirne unvorstellbar waren. Doch gerade diese Funksprüche waren von eminent hoher Wichtigkeit. Ein Beispiel. Im Film „Das Boot" erhielt der Kommandant einen neuen Einlaufhafen, in diesem Fall La Spezia im Mittelmeer. Bezogen auf das Original U 96 und seinem Komandanten Heinrich Lehmann-Willenbrock hieße dies: Das neue Einsatzgebiet wäre das Mittelmeer. Wie im Film wäre die Passage durch die Straße von Gibraltar höchst gefährlich für das Boot. Wenn man dann auf englischer Seite noch wüsste wann das Boot die Passage durchquert... ideal für eine Falle. Selbst wenn U 96 die Passage wie andere Boote unbehelligt durchquert hätte, so wüßte doch die Royal Navy von der bloßen Anwesenheit eines neuen Wolfes, nebst der Vita seines Kommandanten.

Dieses Beispiel steht für die unzähligen Ergebnisse der Arbeit in Bletchley Park. Wenn wir diese eine Aktion stellvertretend für den gesamten 2. Weltkrieg nehmen, so sehen wir noch einmal wie kriegsentscheident die Aktion ULTRA war.

KAPITEL 12
DER OZEAN DES „FRIEDENS“

Ein Land in Frieden und Harmonie.

So wörtlich übersetzt, der Pazifik. Das war er auch lange Zeit. Bis die Langnasen in Massen einströmten und die Jahrhunderte bestehenden Machtgefüge durcheinander brachten. Eingeborene und Naturvölker domestizierten, versklavten oder abschlachteten. Spanier, Portugiesen, Holländer und natürlich die Briten. Sie brachten den Kolonialismus in den Pazifik. Die Philippinen wurden katholisch, mit Feuer und Schwert unterjocht, vom lieben Gott und der spanischen Krone. Dann Französisch-Indochina, nicht zu vergessen, die Gewürzinseln, Indonesien, Sarawak, Borneo, die Engländer in Indien. Und die asiatischen Nationen?

Japan restlos isolationistisch, China, entsetzlich schwach, musste sich den Engländern in den Opiumkriegen beugen. Gepanzerte Dampfkanonenboote gegen Dschunken. Man stelle sich vor. Ein Land wird gezwungen Rauschgift zu kaufen und an ihre Bürger abzugeben. Widerlich allein der Gedanke daran. Eine ewige Schande.

Es war der Vorsprung der Waffentechnik der dies ermöglichte. Gewehre gegen Schwerter, Pfeil und Bogen. Sogar das deutsche Kaiserreich wollte einen Platz an der pazifischen Sonne. Samoa, Tsingtau und der Bismarck-Archipel waren des Kaisers Kolonien. Mit dem deutschen Kolonialismus kam aber gleichzeitig die Zeit der Meiji-Restauration in Japan. Ein junger dynamischer Tenno mit dem Namen Mutsuhito. Japan öffnete sich, kaufte Schiffe in England, Deutschland und Frankreich, holte sich Militärberater aus dem Ausland und begann einen atemberaubenden Aufstieg.

Zuerst belächelt, prügelten die Japaner die Chinesen 1896 aus Korea, schlugen 1904/05 Russland aufs Haupt, jagten die Russen aus Korea und der Mandschurei. Von China nicht zu sprechen die zu allem Ja und Amen sagen mussten. Japan stieg zur Weltmacht auf in den Jahren 1868 bis 1905. Sehen wir mal auf die andere Seite des Ozeans. Die Vereinigten Staaten von Amerika. Nach einem blutigen Bürgerkrieg waren die USA erst mal weiter mit der Ausrottung ihrer Ureinwohner beschäftigt. Außenpolitik fand nicht oder nur kaum statt. Die Transkontinentale Eisenbahn vereinte das Land. Der „wilde“ Westen wurde besiedelt. Man hatte mit sich selbst zu tun im Land der noch „un“begrenzten Möglichkeiten. Dementsprechend war die Marine klein, schwach und nur zur Küstenverteidigung geeignet. Die ungestüme Mentalität und ihre Geldgier ließen die Amerikaner bald über ihre Grenzen schielen. So begann man in den USA mit einem bescheidenen Flottenbau. Mit der USS Maine wurde um 1892 der erste hochseegängige Panzerkreuzer in Dienst gestellt. Die Konstruktion war allerdings bescheiden.

Seine einzige Leistung bestand darin, zum rechten Zeitpunkt zu explodieren. Ein paar Unentwegte suchen heute noch nach der spanischen Mine. Sie werden auch in hundert Jahren noch keine finden. Also, dieses junge, gewissensfreie, aber aufstrebende Land begann hochseegängige Schiffe zu bauen. Bald sollte der nächstbeste Nachbar im Weg stehen. Spanien. Dieses alte, marode Königreich, das seine besten Tage schon lange hinter sich hatte. Vorbei die Zeit als sich Spanien und Portugal die Welt geteilt hatte. Der alte Grande war im Weg.

Linienschiff – USS Indiana Urahn der amerikanischen Schlachtschiffe.

Doch besaß er noch überall Kolonien. Auch wenn die Perlen Südamerikas nicht mehr in seiner Krone waren, so war sein Reich doch noch weltumspannend. Kuba, Hawaii, die Philippinen. Spanisch-Afrika und so weiter. 1898 löste die Explosion der USS Maine im Hafen von Havanna den Krieg mit Spanien aus. Es war nicht der erste Krieg der USA. Wohl aber der erste Konflikt nach dem verheerenden Bürgerkrieg. Bodentruppen landeten auf Kuba, und je ein US-Geschwader vernichtete die spanische Flotte vor Santiago de Cuba und auf den Philippinen vor Cavite.

Es war, man merke auf, der erste Konflikt bei dem die Bevölkerung per Medien, sprich Zeitung, aufgehetzt wurde. „Remember the Maine", zur Hölle mit Spain! Das der Schrotthaufen USS Maine auf Grund einer Munitionskammerexplosion vernichtet wurde. Egal. Krieg muss her! Ein Seekrieg Not gegen Elend. In Spanien hatte man für alles Geld, nur nicht für erstklassige

Schiffe. Bei den Amis konnte man es nicht besser. Doch das Elend hat letztlich gewonnen. Ergebnis. Die Philippinen wurden US-Kolonie. Und wenn die Filipinos gedacht haben, das ist die Befreiung von spanischen Joch, so haben sie falsch gedacht. Die Sklavenhalter haben gewechselt, mehr nicht. Bei dieser Gelegenheit schnappte man sich dazu noch die Inselgruppe von Hawaii, dazu Guam. Für Kuba war ein Kongressbeschluss bindend, der die Annexion der Insel verbot. Spanien war endgültig von der Bühne des Weltgeschehens abgetreten. Es würde sich noch die Frage stellen, was ist mit all den Schätzen, Gold, Silber, Perlen, Edelsteine passiert ist, die die Spanier aus „ihrem" Teil der Erdkugel ausgesaugt und erbeutet haben.

Mahan – seine Theorie gilt heute noch. Z.B. bei Flugzeugträger und Stützpunkte.

Wenn man sich den Prunk in manchen Kirchen so ansieht, dann werden wohl viele Sünden damit abgebüßt worden sein. Was tut man nicht alles für sein Seelenheil als guter Katholik. Wenden wir uns wieder der Politik zu. Ergebnis, die USA haben sich durch diesen Krieg über den ganzen Pazifik ausgebreitet. An dieser Stelle möchte ich Alfred Thayer Mahan zitieren. Einstmals Captain der US Navy und ein führender, bis zum heutigen Tage geachteter Marinetheoretiker. Die Mahan`sche Theorie besagt, wer die Meere beherrscht, beherrscht die Welt. So begann ein gigantischer Flottenbau in den USA bis zum heutigen Tage. Und wer die Welt beherrscht, der kassiert sie auch ab. Das ist dann meine Ergänzung dazu.

Im ersten Weltkrieg waren Japan und die USA verbündet, oder besser gesagt, auf der gleichen Seite. Die Beweggründe waren natürlich verschieden, Japan wollte seinen Einfluss in Asien vergrößern, die USA Geschäfte machen.

Doch wer war denn der einzige Sieger des 1. Weltkrieges? Das war doch Japan! Um den Preis eines Bataillons Infanterie übernahm man die Deutsche Kolonie Tsingtau und breitete sich weiter in China aus. Ein wenig Engagement im Mittelmeer. Den Russen verkaufte man ihre 1904/05 erbeuteten Schiffe zurück, das war es dann.

Das Finale im Pazifik stand nunmehr fest. Japan gegen die USA.

Unter diesem Gesichtspunkt behandeln wir nun im nächsten Kapitel das Vorspiel der beiden Finalisten der Weltgeschichte. Es ist gänzlich verschieden zu dem Schicksal der Deutschen. Das betrifft vor allem auch unser Thema. Der Lauscher an der Wand....

KAPITEL 13

FINALE IM PAZIFIK. DAS VORSPIEL

Das Land der aufgehenden Sonne stieg zur Weltmacht auf.

Die Jahre nach dem großen Krieg, den wir den 1. Weltkrieg nennen. Der Völkerbund, das Washingtoner Flottenabkommen. Die große allgemeine Weltwirtschaftskrise. Die Weimarer Zeit in Deutschland. Die Prohibition in den USA. Der „New Deal" der dreißiger Jahre, das Aufsteigen der NSDAP im gebeutelten Großdeutschland. Aber auch der technische Fortschritt, Film, Radio, Presse. Die Leichtigkeit der „Goldenen Zwanziger". Nur nicht überall. In dieses Szenario tauchen wir nun ein.

Mit dem US-Engagement in Europa ab 1917 und der zunehmenden Kampftätigkeit an der Front begann auch die Zeit, an der die US-Armee die Wichtigkeit der Funkaufklärung erkannte.

So begann die erste Dechiffrierabteilung in Frankreich ihre Tätigkeit. Mit Unterstützung ihrer englischen Verbündeten nahm man sich der verwendeten Handschlüssel der Mittelmächte an. In typischer amerikanischer Ungestümheit.

„Black Chamber".

Herbert Yardley war der Protagonist der ersten Stunde. Doch er dechiffrierte nicht nur Feindnachrichten, er kackte auch den eigenen Code. Auf diese Weise machte Yardley auf die Unzuverlässigkeit der eigenen Verschlüsselung aufmerksam. Der Krieg ging zu Ende, es sollte der letzte in der Geschichte sein. Mal wieder. Unter Yardley wurde die „Black Chamber" gegründet. Der Urahn der NSA. Ein Gegenstück zum „Room 40" der britischen Marine. So richtete man Anfang der Zwanziger Jahre seine Aufmerksamkeit nach Westen. Dieses aufstrebende japanische Kaiserreich, siegreich in all den Kriegen seit 1868. Würde es für den beginnenden Imperialismus gefährlich werden?

Nun begann in den USA die Abhörtätigkeit gegenüber Japan. Um das Jahr 1921 wurden die ersten japanischen Codes entschlüsselt. Sehr hilfreich war dies im Zuge der Washingtoner Flottengespräche. Dies setzte sich fort bis zum Ende des 2. Weltkrieges. Mit einer Ausnahme. In den Jahren 1931/32 verfügte das amerikanische Außenministerium unter Henry Stimson „Gentleman lesen nicht die Post seiner Nachbarn...". Das wurde dann bald wieder aufgehoben. Und das nicht ohne Grund.

Japan, es begann einen aggressiven Kurs in China. Der Flottenbau wurde extrem vorangetrieben. Das Reich der aufgehenden Sonne wurde zum dominanten Machtfaktor in Asien. Die Soldaten des Tenno gingen mit einer beispiellosen Brutalität gegen die chinesische Zivilbevölkerung vor. Als Beispiel sei nur die Schlächterei in Shanghai genannt. 1937 legte man sich mit der Sowjetunion an. Es blieb bei einem Geplänkel am Gol, jedoch gingen die Japaner dem russischen Bären dann aus dem Weg.

Die Japaner hatten zwei entscheidende Fehler. Der Eine, ihre Abhängigkeit von Rohstoffeinfuhren, die andere, ihre Überheblichkeit.

Herbert Yardley – „Whistleblower".

Herbert Yardley, der Protagonist der ersten Stunde beging einen verhängnisvollen Fehler. Er veröffentlichte ein Buch über Kryptographie im Jahre 1931. Man könnte sagen, er war der erste „Whistleblower" der Geheimdienstgeschichte. Nun, Yardley war daraufhin verfemt, arbeitete Ende der dreißiger Jahre für China, später für Kanada.

William Friedman mit seiner Frau Elizabeth.

Die Dechiffriertätigkeit in der „Black Chamber“ wurde bald zum wichtigen Faktor im pazifischen Machtpoker. Unter Leitung von William Friedman, seiner Frau Elizabeth, Annie Meyer-Driscoll einem späteren NSA-Urgestein und weiteren Spezialisten. So wurde gegen 1936 der japanische Diplomatencode „RED“ geknackt. Handschlüssel waren seit dem letzten Krieg sowieso kein Rätsel mehr. Die Zeit der Hooligan-Navy, wie Ernest Hemingway die US-Navy im Krieg gegen Spanien beschrieb war vorbei. Ebenso die Zeit der schwimmenden Schrotthaufen und der Cowboys in Uniform. Die Militärmaschinerie der USA wurde erheblich professioneller.

Die japanische ENIGMA.

Sehen wir uns mal die japanische Seite an. Japan führte Mitte der dreißiger Jahre einen ENIGMA-Typ ein. Das sogenannte „Tirpitz-Modell“. Dieses Gerät entsprach der alten Wehrmachtsenigma mit nur 3 Walzen und ohne Steckerfeld. Nun wird der geneigte Leser sagen, das haben ja die Polen und Engländer schon längst entziffert. Genau! Das Tirpitz-Modell war 1940 definitiv veraltet. In Japan nannte man es „Lateinbuchstabenschreibmaschine". Die japanische Bezeichnung dafür ist für uns Langnasen schwer auszusprechen und noch schwerer zu schreiben. Ihr Schluss ist richtig! Die japanische Verschlüsselung war nicht auf der Höhe der Zeit! Aber man war ja in Tokio überzeugt, das man unbesiegbar war, die Krone der menschlichen Entwicklung. Das nonplusultra des Soldatentums. Die Samurai der neuen Zeit. Der diplomatische Code „PURPLE" ersetzte „RED". Aufgebaut auf der Technik einer Telefonwählanlage.

NISSHIN-Maru – ein Name der kein Glück brachte, wie im Februar 1904.

Dazu gibt es eine kleine Geschichte aus den Schubladen der geheimen Dienste. Ende der dreißiger Jahre lag die NISSHIN-Maru, ein Walfänger, im Hafen von San Francisco. Zwei Agenten der Zollbehörde brachen eines Nachts ein und stahlen das Codebuch. Das blieb natürlich nicht unbemerkt. Unter dem Protestgeschrei der japanischen Konsularbeamten wurde das Codebuch reumütig und mit Entschuldigung zurückgegeben. Nun war man in Japan endgültig überzeugt das die Amerikaner nicht mitlesen konnten. Der sogenannte „Maru-Code" wurde geringfügig verändert und in den folgenden Kriegsjahren beibehalten. Das ist doch glasklar, man stiehlt nur einen Code, den man noch nicht entschlüsseln konnte. Oder etwa nicht??

Genau, das war es! Der geklaute Code war längst entschlüsselt. Der Plan gelang. Die Japaner waren in ihrer grenzenlosen Überheblichkeit überzeugt, dieser Code ist sicher. Das Ergebnis war das Ende der japanischen Handelsschifffahrt im folgenden Krieg.

Es wäre nun an der Zeit, am Vorabend des nächsten Weltkrieges, eine kleine Bilanz zu ziehen. Die amerikanischen Dechiffrierspezialisten waren weniger gefordert als ihre englischen Kollegen. Die japanischen Verschlüsselungsmethoden waren bis auf „PURPLE“ veraltet.

KAPITEL 14
TORA, TORA, TORA

Die Japaner – grausam – kriegserprobt – unbesiegbar?

Wenn ich im vorherigen Kapitel die Unzulänglichkeit der japanischen Kryptographie beschrieb, so ist dies nur ein Teil der japanischen Kriegsmaschinerie. Die Japaner hatten hervorragend ausgebildete und vor allem kriegserprobte Soldaten und Piloten. Sie führten ja schon länger Krieg in China. Das Abschlachten von Zivilisten mit beispielloser Grausamkeit und die Rücksichtslosigkeit der Militärs waren berüchtigt. Die „Hardware" der japanischen Streitkräfte war auf der Höhe der technischen Entwicklung. Der Zero-Jäger, die Flugzeugträger, U-Boote, Kreuzer, dazu die größten Schlachtschiffe, die die Meere je befahren haben.

Defizite gab es bei der Ausstattung mit Radar und im Bereich der Funktechnik. Die japanischen Panzer waren eher lächerlich. Die Modelle entsprachen grob den deutschen Panzerkampfwagen Typ 1, bestenfalls Typ 2. Für die Chinesen hat es aber gereicht. Mögen die Soldaten auch ihre alte Hymne angestimmt haben „...mit dem Schwerte in der Hand...". Mit dem Schwert war der kommende Krieg nicht zu gewinnen und mit den 9 x 45,6 cm Geschützen der YAMATO und MUSASHI auch nicht.

Wie dem auch sei, die Spannungen in der Region nahmen zu. Dazu kam das Bündnis mit den Achsenmächten. Der Flottenvertrag von Washington lag sowieso schon lange im Altpapier. Die USA setzten auf bewährte Maßnahmen, die uns auch heute noch täglich begegnen. Sanktionen, Sanktionen und noch mehr Sanktionen. Das wichtigste dabei aber, Japan wurde von den lebenswichtigen Rohstoffzufuhren abgeschnitten. Vor allem Rohöl und Erze. Die fehlende Ölzufuhr schmerzte am meisten. Flugzeugträger und Schlachtschiffe zum rudern gab halt es nicht. Die Vorräte im japanischen Mutterland reichten bestenfalls noch für 2 Jahre, bei sparsamem Verbrauch! Die kargen japanischen Inseln waren völlig rohstoffarm! Gerade mal gut für den Anbau von Reis und Gemüse.

Auf diese Weise wurde Japan praktisch in den Krieg gepresst. Entweder nachgeben, sich dem Druck beugen, oder? Mit der Machtübernahme der Regierung Tojo, des Falken, standen die Zeichen endgültig auf Krieg. Es war klar, dass die Japaner genauso reagieren wie am 8. Februar 1904. Auch damals waren die Verhandlungen mit Russland gescheitert. Der Zar und sein Statthalter im Fernen Osten zogen es vor, auf die japanischen Forderungen nach Abzug der russischen Truppen aus der Gegend südlich des Yalu nicht zu reagieren. Was wollten die kleinen gelben Halbaffen? Mögen sie doch kommen. Und sie kamen! In der Nacht vom 8. auf den 9. Februar 1904 vernichteten, oder beschädigten die Japaner in einem Überraschungsangriff die halbe russische Flotte in Port Arthur. Der Hafen liegt heute in Nordkorea. Als dann noch im Mai 1905 die russische Ostseeflotte vernichtet wurde, dämmerte es auch Tausende Kilometer weiter in Moskau, dass man die Japaner unterschätzt hatte. Aber was störte den Bären ein Pickel am Arsch. Längst gärte der Keim der Revolution und man hatte am Hofe andere Sorgen, denn der Zarewitsch hatte die Bluterkrankheit.

Zurück in unsere Gegenwart 1940/41. Die Abteilung Friedman. Ein Team von Technikspezialisten versuchte sich am „PURPLE“ Code. Zur Erinnerung, die Geräte waren nur höchsten Stellen vorbehalten. Ohne Kenntnis der japanischen Technik versuchte man ein passendes Entschlüsselungsgerät zu bauen und man probierte es auf Basis einer Telefonanlage, und siehe da.... Die berühmte „Nachricht in 14 Teilen“ die die japanische Kriegserklärung beinhaltete wurde schneller entschlüsselt als es den japanischen Dechiffreuren möglich war. Es war passiert. Pearl

Captain Joseph L. Rocheford.

Im Film „Die Schlacht um Midway“ verkörperte der Schauspieler Hal Halbrook die Figur des Joseph L. Rocheford. Wir erinnern uns noch an die Szene im Jeep mit Charlton Heston als dieser sagte „...ihr ratet doch nur...“! ......Denkste. Die wussten damals alles.

Harbour brannte. Nichts konnte die Nation schneller kriegsbereit machen, als dieser Überfall am Morgen des 7.Dezember 1941. Am gleichen Tage stürmte der Entschlüsselungsspezialist Laurance Safford zu seinem Chef Captain Joseph Rocheford. Das ganze Vorhaben der Japaner war doch längst bekannt! Entschlüsselt! All die toten Soldaten und die gesunkenen Schiffe! Nur die Flugzeugträger wurden rechtzeitig wegbeordert.

Erst im Jahre 2018 wurde offiziell bekannt, dass „PURPLE“ schon 1940 geknackt war. Das einzige verbliebene Fragment einer „PURPLE“ Maschine wurde in der japanischen Botschaft in Berlin aus den Ruinen gebuddelt. Es ist wirklich eine große Leistung der damaligen

Technik gewesen, unbestritten. Aber was nützt die nachträgliche Selbstbeweihräucherung! Die toten Soldaten vom 7. Dezember `41 würden wohl eine andere Meinung haben.

So kam es, wie es kommen musste. Das Schachspiel Pazifikkrieg nahm seinen Lauf. Der Angriffsplan auf Midway war dechiffriert worden. Es war bekannt, was kommt, woher und wie viel kommt. Japan verlor 4 Flugzeugträger, die US-Navy einen. Nun, in den USA kam die Industrie so richtig auf Touren und baute einen Träger nach dem anderen, Flugzeug auf Flugzeug, Frachter auf Frachter, die „Liberty-Ships", Zerstörer auf Zerstörer. Dem hatte Japan nichts Gleichwertiges entgegenzusetzen. Die japanischen Werften bauten was sie konnten, man produzierte Flugzeuge, aber – die Verluste konnten nur unzureichend ersetzt werden. Vor allem fehlten mit zunehmender Kriegsdauer die kampferprobten Piloten. Dazu verlor Japan Frachter um Frachter mit kriegswichtigem Nachschub und vor allem Rohöl. Ein Ergebnis der Entschlüsselung des Maru-Codes. Schließlich übten die jungen Piloten in Holzgestellen mit einen Holzstecken als Steuerknüppel. Zum Ende hin sollten es die Selbstmordpiloten richten. Kamikaze. An Tapferkeit hat es nicht gefehlt im Japan des 2. Weltkrieges. Dennoch lief das Uhrwerk Pazifikkrieg gnadenlos in Richtung der Stunde Null.

Hiroshima und Nagasaki.

Higa – Speed – Bomben „Adam“ und „Eve“.

Eine NCR-Entwicklung. Die High-speed-Bombe. 18-mal schneller als das englische Fabrikat. Ein Exemplar steht heute noch im NSA-Museum in Dayton. Der NCR-Chef damals, ein deutschstämmiger, Joseph Desch. Denken wir auch mal daran, wie viele Deutsche oder deutschstämmige in Bletchley Park tätig waren.

Zurück in die Staaten. Was tat sich in der Abteilung Friedman. Ich sprach bereits die enorme technische Power dieses Landes an. Zum einen wurden die japanischen ENIGMA-Chiffre mit einen Lochkartensystem nach Hermann Hollerith angegriffen. Dies entsprach etwa den „Zygalski-Sheets“ in Bletchley Park. Als Gegenstück zu den „Turing-Bomben“ wurden „Adam“ und „Eve“ konzipiert. Die Geräte liefen 18-mal schneller als ihre englischen Gegenstücke. Wie die biblischen Vorbilder vermehrten sich diese Geräte auch zu Hunderten. Die genaue Zahl ist nicht bekannt. Die Kriegsmaschinerie lief auf Hochtouren.

Ein Problem bei der Konstruktion war die Temperaturbelastung der Walzen. Das verwendete Bakelit hielt erst mal nicht stand. Doch auch dieses Problem war alsbald gelöst. Das die Japaner mittlerweile Funksprüche doppelt überschlüsselt haben, kein Problem mehr.

Magic, das Gegenstück zu ULTRA.

Isoroku Yamamoto, der Oberbefehlshaber der kombinierten Luft- und Seestreitkräfte Japans.

Die amerikanische Funkentschlüsselung war ebenso wirkungsvoll und umfassend wie die englische. Nur das Niveau etwas geringer. Da hatten die Deutschen und ihre Technik doch deutlich die Nase vorn.

Abschließend sei eine Geschichte aus den Annalen des 2. Weltkrieges erwähnt. Dies zeigt uns welche Auswirkungen die Arbeit der Dechiffrierabteilungen gehabt haben.

Die japanische Flut war verebbt. Die Truppen auf dem Rückzug. Isoroku Yamamoto, der Oberbefehlshaber, der der den Angriff auf Pearl Harbour geplant und befehligt hat, wollte an der pazifischen Front die zurückweichenden Truppen inspizieren.

Yamamoto, der für seine Pünktlichkeit bekannt war, wurde zum Ziel der US-Luftwaffe. Für einige Minuten war sein Flugzeugverband im Bereich einer Staffel P38 der US Air Force. Diese Information wurde dechiffriert. Die Flugzeuge auf Yamamoto`s „Betty", eine G4M, angesetzt. Die Operation gelang. Die „Betty" wurde abgeschossen und Yamamoto starb beim Absturz auf der Insel Bougainville am 18. April 1943. Er wurde Opfer seiner Pünktlichkeit.

Dies war nur eine Episode aus den Annalen des geheimen Krieges. Eine andere war der Einsatz von Navajo-Indianern bei der US-Infanterie an der pazifischen Front. Die Sprache der Ureinwohner war für die japanischen Lauschabteilungen nicht zu übersetzen. Alle diese Faktoren trugen dazu bei, Japan niederzuringen.

Die USA gewannen dieses Finale im Pazifik. Jedoch waren der Krieg im Pazifik nur Aufräumungsarbeiten. Japan wurde abgewickelt. Wichtiger war Deutschland und die zu machende Beute der deutschen Wissenschaft und Technik. Auch die Technik die man heute noch geheim zu halten versucht. Technik die sich jeder Vorstellungskraft entziehen.

Der Sieger schreibt die Geschichte: Diese Weisheit ist so alt wie der Krieg selbst. Die ersten Schüsse im Pazifik waren die Wasserbomben, die die USS Ward Stunden vor dem Angriff auf ein japanisches U-Boot warf.

Wie so viele Wahrheiten kam auch diese an den Ort wo beim Menschen die Sonne nicht hinscheint.

KAPITEL 15
DAS NACHSPIEL ODER DER WEIHNACHTS-BAUM WIRD ABGERÄUMT

Die Hinterlassenschaft des Krieges.

Die Stunde Null, der Krieg ist aus. Deutschland eine Trümmerwüste, Japan radioaktiv verstrahlt. Nur ein Ziel haben die Amerikaner verfehlt, die Weltherrschaft. Nach anfänglichen Bruderküssen und seligem Whisky und Wodka tauschen, wuchs eine neue Feindschaft. Im Krieg war man auf der gleichen Seite, doch verfolgte Stalin stets seine eigene Politik. Nehmen wir uns wieder eine Legende vor. Der sogenannte „Überfall" auf die Sowjetunion, „Unternehmen Barbarossa". Nach vielen Jahren wurde bekannt, dass die deutschen Truppen nur etwas früher zugeschlagen haben als es die Sowjets gedacht haben. Die Russen wurden völlig überrascht. Sowjetische Truppen standen bereit in Rumänien einzumarschieren.

So der Plan. Der Einmarsch sollte ungefähr eine Woche nach „Barbarossa" erfolgen. Die Deutschen wären von der Ölzufuhr abgeschnitten worden. Die Ölfelder von Ploesti waren für das deutsche Reich kriegswichtig. Nun sollte der Krieg noch 4 weitere Jahre dauern. Grundsätzlich verfolgte Stalin stets seine eigenen Ziele. Bündnisse waren nur zweckgebunden, wie der Hitler-Stalin Pakt. So fand man sich halt in Moskau auf der Seite der Alliierten wieder. Den Alliierten wiederum war es recht, dass sich die Sowjetarmee an der Wehrmacht aufrieb. Auf gut Deutsch, die „Dreckarbeit" machte. Dies auch im Hinblick auf die Beute. Kein Wunder, das nach dem heißen Krieg bald der „kalte" folgen sollte. Ramschen war angesagt, der Ausverkauf des Nazireiches. Man schleppte weg nach Osten was wegzuschleppen war. Raketentechnik war interessant. Düsentriebwerke auch. Weggefunden wurde, was rumlag. Des einfachen Rotarmisten, der das Schlachten überlebt hatte, dessen Beute war eher fleischlicher Natur. Wie in jedem Krieg. So sammelten auch die Sowjets die Hinterlassenschaften des 3. Reiches ein. Raketentriebwerke, Düsentriebwerke, den einen oder anderen Wissenschaftler und so weiter.

Die Arbeit in Bletchley Park war beileibe kein Selbstläufer. Es bedurfte einer gehörigen Portion Glück, dem Genie eines Alan Turing, der britischen Ausdauer und der Bescheidenheit die Arbeit in den relativ primitiven Hütten in der Umgebung von

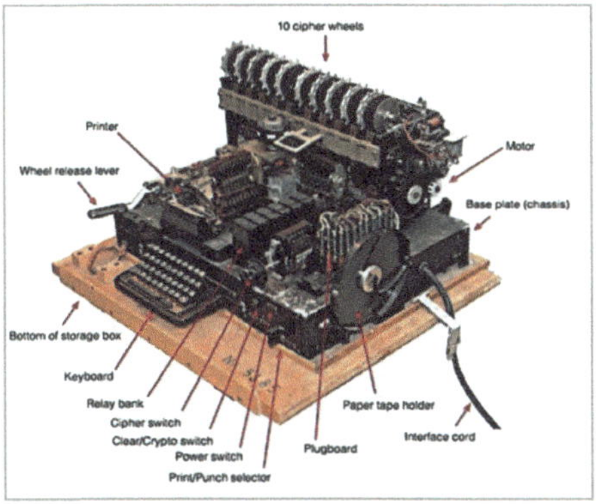

Geheimschreiber T52 von Siemens & Halske.

Bletchley Park auszuführen. Es wurde auch nicht jeder Code entschlüsselt, wie man jetzt meinen könnte. Der Siemens Geheimschreiber T52, der sogenannte „Sturgeon-Code" wurde nie entziffert. Der Grund könnte sein, weil er sehr selten verwendet wurde. An den Codes der Reichsbahn, „Rocket" bezeichnet, biss man sich ebenfalls die Zähne aus, obwohl die alten Maschinen mit nur 3 Rotoren ohne Steckerfeld verwendet wurden.

Warum? Die „Iseböhner", wie mein lieber Schwager und pensionierter Stellwerksmeister stets zu sagen pflegt, hatten zu jeder Zeit ihre „eigene Sprache". Mit dieser Fachsprache und ihren Abkürzungen wurde die Konversation mit Dienststellen und Personal abgewickelt. Es fehlte das mögliche Wort, der „Crib" um den Tagescode zu entziffern. Ich durfte selbst mal beim Zugbahnfunk mithören, anlässlich eines Besuches. „Kauderwelsch" wäre wohl die bessere Bezeichnung dafür.

An dieser Stelle sei noch eine kleine Geschichte eingefügt. Überliefert von Frederick William Winterbotham. Veröffentlicht in seinem Buch „Aktion ULTRA". Es galt das Zentrum der deutschen Raketenforschung zu finden. Wie ging man in England vor. Frage? Wer waren die deutschen „Radarasse"? Die 14. und 15. Funkmesskompanie. Die Flugbahn der Raketen musste ja verfolgt werden im Rahmen der Erprobung.

Wo wurden sie hinbeordert? Man versuchte die entsprechenden Funksprüche zu entschlüsseln und zu analysieren. Ergebnis,

Peenemünde. Weiteres Ergebnis, Bombenangriff. Peenemünde plattgemacht. Dies nur noch am Rande bemerkt. Auch die Versetzungsfunksprüche für die Offiziere lieferten wertvolle Hinweise über die Verteilung deutscher Truppen an der Front und ihre Verwendung.

Nur dank ULTRA waren die Amerikaner und Engländer etwas schneller im Aufgreifen geheimer Technik und Personal. Das Nazi-Tafelsilber landete in den USA. Samt Wernher von Braun nebst Team. Und siehe da, auch samt seinem Chef, dem Dr. Ing. Hans Kammler.

Die Fialka, aus dem russischen übersetzt „violett".

Die Kernfrage am Ende der Geschichte jedoch lautet, wie sicher wäre die sowjetische Funkverschlüsselung in einem möglichen Krieg gewesen. Des Öfteren standen wir ja kurz davor! Hätte die „Fialka" des Ostblocks der neuen Operation ULTRA und MAGIC standgehalten?

Die Antwort ist Nein!

EPILOG

Im Jahre 1912 fand der Antiquar und Händler Wilfried Michael Voynich in der Villa Mondragone in Rom ein seltsames Manuskript. In den nachfolgenden Jahrzehnten das "Voynich-Manuskript" genannt. Seine Herstellung wurde schließlich mit modernen Methoden auf ca. 1400 bis 1450 datiert. Einige Seiten fehlten. Im Internet kann man nähere Informationen darüber erhalten. Das Manuskript enthält Zeichnungen und Beschreibungen aus Flora und Fauna. Die Sprache jedoch und die Schrift wurden bis heute nicht entziffert. Manche hielten es für einen Fake. Dagegen spricht jedoch die Tatsache, dass das verwendete Pergament zur damaligen Zeit sehr teuer und selten war.

Wir haben in diesem Buch viele Genies kennen gelernt, nebst der Früchte ihrer Arbeit. Menschen, die die Grenzen des Geistes ins unendliche verschoben haben, halfen die schlimmsten Kriege der Menschheit zu gewinnen. Allen voran William Friedman und seine Frau. Sie alle sind gescheitert beim Versuch dieses Manuskript zu übersetzen.

Hier war ihr Weg zu Ende.

Bis Heute versuchen sich Wissenschaftler, Kryptologen, Hobbyforscher, Computerspezialisten und sonst wer erfolglos daran.

ZUM ENDE EINEN DANK!

Dieses Dankeschön möchte ich der Weisheit der „Vielen“ sagen. Nur dem Internet ist es zu danken, dass Informationen in dieser Qualität geteilt und verbreitet werden können.

Dank gebührt ebenfalls allen denen die in Bletchley Park tätig waren und ihre Geschichte erzählt haben.

Ebenso Dank gebührt Wikipedia, ich verneige mich aufs tiefste vor dieser Organisation.

Ein weiterer großer Dank an den Verlag der bereit war dieses Büchlein in sein Programm aufzunehmen.

Danke an Jürgen Rebinski für das Korrekturlesen des Textes.

Ein weiteres Dankeschön an Norbert Miller, unseren Videomann.

In stillem Gedenken an Hauptmann d.R. Erich Liebe.

QUELLENANGABEN UND BILDNACHWEIS

DAS GEHEIMNIS ULTRA

Das Versagen von ENIGMA

Die Geschichte der Funkentschlüsselung im 2. Weltkrieg.

Inhalte in diesem Werk die vom Verlag erstellt wurden, werden die Urheberrechte Dritter beachtet. Insbesondere werden Inhalte Dritter als solche gekennzeichnet. Sollten Sie trotzdem auf eine Urheberrechtsverletzung aufmerksam werden, bitten wir um einen entsprechenden Hinweis.

Seite 9	Ramose-Relief	istockphoto.com
Seite 10	Cäsar-Code	Wikipedia.org
Seite 10	Babington-Manuskript	being bess blogspot.com
Seite 11	Blaise de Vigenere	mathe tu Freiberg
Seite 11	Th. Jefferson Walze	Wikipedia.de
Seite 12	Alastair Denniston	gchq.gov
Seite 15	Soldaten WWI	istockphoto.com
Seite 16	SMS Magdeburg	Wikipedia-Bundesarchiv
Seite 17	John Tiltman	George Marshall Foundation
Seite 18	Zimmermann Depesche	Wikipedia.org
Seite 21	Dame mit Grammophon	istockphoto.com
Seite 22	Arthur Scherbius	Wikipedia.org
Seite 22	Enigma „A“	Kartengruppe.it
Seite 23	Enigma „B“	cryptomuseum alibaba.so

Seite 23	Enigma Walzen	tu.Chemnitz.de
Seite 24	Gerhard Arvid Damm	sta.ft uni Mainz.de
Seite 24	Damm Prototyp	Wikipedia.org
Seite 24	Boris Hagelin	alchetron.com
Seite 24	Hagelin M 209	Wikipedia.org
Seite24	Hugh Edward Hebern	cryptologicfoundation.org
Seite 25	Alexander von Kryha	Wikipedia.org
Seite 25	Kryha Schlüsselmaschine	Wikipedia.org
Seite 25	Umkehrwalze	gocs.en
Seite 25	Umkehrwalze	Wikipedia.org
Seite 25	Enigma Zeichnung	kryptographiespielplatz.de
Seite 26	Enigma Rotoren	Wikipedia.org
Seite 27	Enigma Diagramm	wlb Stuttgart.de
Seite 28	Lorenz SLZ 42	cryptomuseum.com
Seite 28	Enigma Steckerfeld	Wikipedia.org
Seite 29	Polnisches Wappen	istockphoto.com
Seite 31	Jerzy Sosnowski	Wikipedia.org
Seite 33	Enigma Klon	Wikipedia.org
Seite 33	Palais Sakski	Wikipedia.org
Seite 33	Henryk Zygalski	Wikipedia.org
Seite 33	Jerzy Rosicki	Wikipedia.org
Seite 34	Zyklometer	codesandcyphers.org.uk
Seite 34	Marjan Rejewski	Wikipedia.org
Seite 34	Polnische „Bomba“	Wikipedia.org
Seite 37	Schatten des Krieges	istockphoto.com
Seite 38	Gwido Langer	Wikipedia.org
Seite 38	Steward Graham Menzies	the Peerage.com
Seite 38	Gustave Bertrand	Wikipedia.org
Seite 39	Vignolles	anacademic.com
Seite 39	Reichsdurchführungsverord-nung	Deacademic.com

Seite 40	Tauschwalzen 4 und 5	Wikipedia.org
Seite 40	Stecker und Steckerfeld	tu Chemnitz
Seite 41	Denniston Pass	WWI-enigma umww.pl
Seite 41	Dillwyn Knox	Daily mail.co.uk
Seite 42	Cadix	Wikipedia.org
Seite 43	Lamoriciere	Mallorca Zeitung.es
Seite 45	Gedenkstätte Alan Turing	istockphoto.com
Seite 46	Alan Turing	Wikipedia.org
Seite 46	Gordon Welchman	Wikipedia.org
Seite 47	Schachteam Buenos Aires	ara.org.ar
Seite 47	Denniston	WWII-twitter
Seite 47	Frederick William Winter-botham	cryptomuseum.com
Seite 48	Diagramme	Archiv Verfasser
Seite 49	Sir Edward Travis	marshallfoundation
Seite 49	Diagramme	Archiv Verfasser
Seite 50	Ralph Tester	pinterest
Seite 50	Max Newman	wired.co.uk
Seite 51	Colossus	Wikipedia.org
Seite 52	Turing-Bombe	Wikipedia.org
Seite 52	Turing-Bombe, detail	cryptomuseum.com
Seite 53	Typex	Wikipedia.org
Seite 55	Top secret	istockphoto.com
Seite 56	Zygakski-Sheets	Wikipedia.org
Seite 57	Coventry	Wikipedia.org
Seite 60	Vorpostenboot Krebs	unbekannt, Archiv Verfasser
Seite 61	HMS Tartar entert WBS Lauenburg	Wikipedia.org
Seite 63	Schach der Lorenz	istockphoto.com
Seite 64	Lorenz SLZ 42	Wikipedia.org

Seite 65	Heath Robinson, Tunny Maschine	Wikipedia.org
Seite 65	Enigma „G“	Wikipedia.org
Seite 68	Konvoi	wlb Stuttgart
Seite 69	U-Boot	istockphoto.com
Seite 71	HMS Petard	Wikipedia.org
Seite 73	Denkmal	Wikipedia.org
Seite 75	Krieg der Frauen	gchq.org
Seite 77	Keith Batey und Mavis Lever-Batey	Wikipedia.org
Seite 77	Margaret Rock	Wikipedia.org
Seite 80	Dorothy Hyson	Wikipedia.org
Seite 81	Guderian wartet	Wikipedia.org
Seite 82	Hitlermühle	Wikipedia.org
Seite 83	Enigma-Uhr	gocs.en
Seite 84	John Cairncross	The Telegraph.com
Seite 85	Rolf Noskwith jung	historylearning.com
Seite 86	Rolf Noskwith alt	Wikipedia.org
Seite 86	Albert Leslie Yoxall	Wikipedia.org
Seite 87	Ozean des Friedens	istockphoto.com
Seite 88	Kanonenboote gegen Dschunken	Gemälde E. Duncan 1843
Seite 90	USS Oregon	istockphoto.com
Seite 91	Alfred Thayer Mahan	Wikipedia.org
Seite 93	I-19	istockphoto.com
Seite 94	Black Chamber	ika.army.mil
Seite 95	Herbert Yardley	Wikipedia.org
Seite 96	William Friedman	Wikipedia.org
Seite 96	William und Elizabeth Friedman	National Geographic
Seite 97	Japanische Enigma	cryptomuseum.com

Seite 97	Nisshin Maru 1936	Wikipedia.org
Seite 99	Sonnenbanner	istockphoto.com
Seite 100	Samurai	istockphoto.com
Seite 102	Purple-Fragment	wondersandmarvels.com
Seite 104	Adam and Eve	politico.com
Seite 105	Magic	Smithonianmag.com
Seite 105	Isoroku Yamamoto	Wikipedia.org
Seite 107	Trümmer	istockphoto.com
Seite 109	Siemens Geheimschreiber T52	historum.com
Seite 110	Fialka	Wikipedia.org
Seite 110	Fialka-Rotoren	Wikipedia.org

Impressum:

Druck und Herstellung

Carl Gerber Verlag

Umschlag Gestalltung

Kathrin Thalhammer

Das geheime deutsche Erbe

DIE AKTE UFO

In den Kellern der Geschichte ruhen Akten, die Militär und Geheimdienste gerne dort gelassen hätten. Das Ende des zweiten Weltkriegs gibt uns noch immer einige Rätsel auf. Dazu gehört die Geschichte der identifizierbaren fliegenden Objekte. Der Autor näherte sich diesen über die Akte UFO (deutsche militärische Geheimprojekte des 3. Reichs), sowie den Know-how-Transfer in den letzten Tagen des zweiten Weltkrieges in die USA.

Nach Jahrzehnten internationaler Dokumentation gibt der Autor zum ersten Mal Antworten zu Herkunft, Technik und Werdegang der geheimnisumwitterten Objekte und zu alten Rätseln. Deren Lösung sind von bedrückender Aktualität. Er lüftet den Vorhang der größten Verschleierungs- und Desinformationskampagne die die Welt je gesehen hat.

...ALLES BEGANN MIT DER NEUGIER EINES PILOTEN AUF EINEM GEHEIMEN ERKUNDUNGSFLUG ...